文芸社セレクション

夢子流　思いのままに

永久　夢子

TOWA Yumeko

文芸社

文芸社セレクション

夢子流　思いのままに

永久 夢子

TOWA Yumeko

文芸社

目次

第1章

新しい出発

私、夢子、当時は51歳、生まれは、黒龍江省哈爾濱市《ハルピン》、中国に現存する都市であるが、私が生まれた1940年は、日本帝国主義の支配する広大な満州国の中のロシア風の美しい都市だった。大陸育ちの大らかさはこの時から私の体に染みついていたのだろう。

継母に冷遇されていた父は、九州の田舎の村から、満鉄に勤務していた優秀な兄を頼って満州へ、しかし、見栄っ張りの兄嫁からは、お荷物に思われていたらしい。母も近くの村の出身だが、農家ながら、女学校出で、当時としては、最先端の自転車を乗り回すようなお転婆だったらしい。やはり継母で、窮屈だったのだろう。博多に嫁いだ長姉の下で、デパート勤めをしていた。こんな二人が、見合い結婚で、気楽な満州暮らしをしていた。

終戦の5歳までは、絵にかいたような幸せな毎日。歌の好きな母は、レコードで流行歌などを聞いていた。子供達にも、童謡を聞かせ、絵本を読んでくれた。こんな環境が夢多きロマンチストな人間に育った要因だろうか。

終戦、引き揚げの苦労を経て、甘ったれの父は、実家を頼りにしていたが、祖父の先妻の子は、兄と自分だけ、冷たい嫂や、後妻の数人の子供達とのいざこざで、結局、地元にはいられず、各地を転々とした。

小学校までは、北九州の田舎の村や炭鉱の町で、外地帰りの勉強好きな少女は、恵まれない環境の中でも、何の屈託もなく、常に、リーダーとしての位置にあり、無邪気に、明るく伸び伸びと成長した。

青春時代の中学、高校は、静岡県の中部の漁港の街、方言をからかわれながらの心満たされぬ日々だった。学業優秀、働いている両親に代わって、3人の弟の面倒を見ている立派な生徒と言う事で、表彰されたりもしたが、今で言えば、アダルトチルドレンだったと思う。

成績が良かったと言う事で、進学校に進んだが、文系なので、理数系が全くダメで、国立大学には入れなかった。

今思えば、あの頃の家庭の状況から見れば、他の同級生たちが選んだ、堅実な地方公務員位で落ち着いていれば、又、別の人生が開けていた事だろう。

周りには、将来の指針になるような立派な大人はおらず、親戚もなかった。

不安定な実家の生活や不仲な両親に依存した生活から抜け出て、結婚による幸せを掴みたいと言う思いがあったのは否めない。当時は、ごく当たり前だった、仲人による見合い話に、親に背中を押されて飛びついた。

志を持って、子供の頃から好きだった洋裁の道に進んではいたが、憧れの東京にも行けず、田舎の洋裁教師を2年足らず勤めただけの未熟な世間知らずの22歳だった。

サラリーマンの真面目な夫で、3人の娘に恵まれ、子育てに専念し、幸せな家庭を築いていたが、ある時から、夫の向上心のなさに気付き、子育て、生活全般に、夫婦間の考え方の相違に疑問を抱くようになっていった。

結婚前の不完全燃焼のエネルギーを、手本もないまま、良妻賢母の理想の家庭作りに傾注する私と、確たる目標もない事なかれ主義の夫とは、歯車が噛み合わなくて当然だった。

この結婚は失敗だったと思う毎日。しかし、精魂かけて育てた3人の娘が成長するまでは、意地でも幸せな家庭を演じ続けなければならないと決意して30年。

そして、待ちに待った今日を迎えた。

親族、友人、誰もが驚く晴天霹靂の現実は、私の長年の演技の賜物、事実は、私だけが知っている悲しみと苦しみ、そして口惜しさだ。

長女は、地元の大学を卒業して、アメリカの大学をもいくつか卒業し、アメリカ人と結婚し、アメリカ在住のキャリアウーマンに、次女はこの春、大学の同級生と結婚し、九州へ行く。年の離れた三女が沖縄の大学に行く為、家を出るのをきっかけに、私も家を出ることにした。子供達の為にと、方位や間取りに拘って再新築したお洒落な家だったのだが、家庭内離婚の状態で、子供もいない広い家で、夫と二人暮らすのには耐えられない。

三女が小学校に入る前頃から、外で働き始めた。最初は、子供の学資の補助にでもと、貯金を増やしていたが、途中から目的は離婚資金になった。

それでも、離婚するとなると、預金といえどもはした金、住む家もないのだから、パートまがいの低賃金では、生活がやっては行けない。

今は参議院議員をやっている、円より子氏の「ニコニコ離婚講座」に、こっそり通って勉強もした。どちらに落ち度がある訳でもないが、価値観の相違。これは、協議離婚に当たるのではないかと思いつき、夫に交渉した。

夫は、30年勤続を果たし、一度退職して、3千万の退職金を受け取り、第二の職場勤め、その30年間、まがりなりにも夫を支え、立派に子育てをしたのだから、退職金の半分位は欲しいと。

家のローンもまだ残っているので、無理は言えないと思っていたら、1千万はくれると言う。但し、初めに渡すのは500万、後は、月々百万ずつと言うことだった。姑息な夫の考えそうな事。いっぺんに1千万くれればマンションの頭金にでもなるものを、とがっかりするが、貰わないよりはましだ。こう言う訳で、とりあえず当座の生活の当てはついた。

夫も、夫婦の亀裂は感じていたと思うが、本気で離婚などとは考えもせず、その内、尻尾を巻いて戻ってくるだろう位に考えて決めた事だろうと想像する。

娘達も地元には縁がない生活となり、私の身内は、もう何年も前に、父の生まれ故郷に帰り、今の地には、夫の身内だけと言う状態で、何の未練もなかった。

家を出る口実としては、当時勤めていたB社の本社が、その頃盛んに取り組んでいたファッション関連の事業で、東京の目黒に、お洒落なファッションリフォームの店を開くと言うニュースを聞き、この時とばかりに応募したのである。周りには、今の職場の延長で、東京に勉強に行くと言う事で納得して貰える。

こんな訳で、若い頃からの憧れの東京に行ける事になった。

1991年春、30年遅れながら、新しい出発だ。

夢を描いて

知り合いに頼んで、何とか見つけたアパートは、目黒区原町1丁目、東急目蒲線の目黒から三つ目の西小山の駅の傍、下町の商店街が続く路地の一角にあった。しもた屋風の大家さんの家に向かい合って、木造2階建ての長屋然とした建物がある。1階に3部屋、2階に3部屋、台所は、1階のたたきにコンクリートの流し台と調理場があり、トイレは1、2階で共有である。2階の私の部屋は、入り口の引き戸の外に、窓に沿って1間程の専用の流し台があって、ガスコンロも置けるようになっていた。部屋は6畳一間で、西側に窓、引き戸に鍵がついている。東側の向かいに、90センチ程の廊下を挟んで、2部屋ある。

2階の住人の若い夫婦に会ったので、とりあえず、同居人に挨拶をと、タオルに、静岡のお茶羊羹をつけて渡し、階下にも挨拶に行く。男性の一人暮らしが2人。

着物姿に割烹着を着けた管理人のおばあさんは、知人の大家の親戚と言う事で、親切にしてくれたので、一人で住むと言う心細さはなかった。部屋に入ってひとしきり説明をしてくれた以外は、余分な話はする事もなく、いかにも自由な雰囲気、その後は、電気代、ガス代、家賃の支払いの為に、大家さんの家の玄関の硝子戸を開けると、いつも上がり框の部屋で、聞いていたらしい長唄の音が流れていた。

1991年3月25日、第一夜は、初出勤の職場から夜8時に帰宅。荷物の片付けをし、パック入りのささやかな夕食を食べたらもう10時半。慣れない職場での気苦労等、疲れがどっと出て、感慨に浸っている暇もなし。

そう言えば、家を出てきた時も、連日の忙しさに慌ただしく飛び出して、これまた、しんみりしている暇もなかった。受験期の三女には、可哀相な思いをさせているが、私にとってものっぴきならぬ状況の日々が控えているのだ。

2日目の仕事を終えて帰宅し、今日はお風呂に行こうと思って、目黒の駅ビルでサンダルを買ってくる。風呂の帰りに、シュウマイ5個とほうれん草の胡麻和え1パック購入。テーブルもない部屋の畳の上で、鏡と向き合って味気ない夕食。食欲も湧かない。

職場では、開店の準備段階で、私以外の3人のスタッフは、リフォームの専門知識、技術の講習等のプログラムも終了し、会社側と、経営についてのノウハウを相談している所にまで進んでいた。

初めは、1か月近く後れを取った私に対して、「今頃何さ！」と言う顔で、冷たくあしらわれ、口をきいても貰えなかった。

スタッフは、自称デザイナーのS先生、既に70代だったが、長年、東急線の駅近くのマンションの8階で、ドレメ系の洋裁教室を経営していたと言う押し出しの立派な女史、自分の手足になる助手Mさんを連れて来て、実権を握ろうとしていた。もう一人は、杉野ドレメを出て、アパレルのパタンナーとして企業に勤めていた経験者で、私より5～6歳若い、見るからに勝気そうなTさん。この二人の間に勢力争いが発生していて、パタンナーの方は、会社側が頼りにしているS先生の技量に疑問を抱き、その事を訴えるのに、私の協力が欲しくて「早く来て、早く来て」と矢の催促をよこしていたのだった。両勢力とも、未知の私の存在に、期待と警戒心の混じった不安な気持ちで、自分に取って不利ならば、蹴落とさんとする意地悪な感情で待ち受けていた様子が窺えた。

こんな中で、開店準備も一段落した月末の29日、本社からの立ち上げ担当のメンバー5人と、私達スタッフ4人、中華のテーブルを囲んで会食の場が設けられた。暫し和やかな時を過ごし、少しは打ち解けた雰囲気を感じ、ほっと胸をなでおろした。

しかし次の日、本社の担当のスタッフから「夢子さん、喋り方のトーンをもう少し落とした方がいいですよ。これからは接客業なんだから。私達は、貴女の事を理解してあげられるけど、S先生サイドは静かな人達ばかりだから、皆さんと上手く行く為には柔らかい物言いをしないと溶け込んで行けませんよ」との忠告を頂いた。

なるほど、万事に開けっぴろげの私は、声は大きいし、誰に対しても、物怖じすることなく、思った事を、素直に口に出してしまう。これは私の最大の欠点なのかも知れない。これでも控え目に、自分を抑えて、他人と話しているつもりなのに、まだまだ他人にはそう見えないと言う事は、根本的に私と言う人間を変えなければいけないと言う事なのかも知れないと反省した。もしここで、生活のパターンを変えると同時に、私と言う人間をも作り変える事が出来るならば、再出発の今がチャンスと言うもの。どちらにしても、今のままの私では、この職場に受け入れられるか分からないのだから、私としても死活問題となる。これが修行というものかと決意した。

4月1日、名古屋本社のお偉方も来店して、華々しくオープニングセレモニー。会社から支給された同じ生地で、スタッフそれぞれが、自分に似合うデザインの制服を仕立てて着用して、一言ずつの抱負を述べさせられたが、皆、通り一遍の挨拶のみ。この時とばかりに夢と希望と意気込みを述べた私は、何か場違いの感じであった。と言うのも、私が研修に来れなかった2月、3月の間に、経営の方針が様変わりしていて、私だけが、本社が目指していた、最初のプロジェクトを信じて、夢と希望に満ち溢れていたのだ。

結局、責任者にはS先生が任命され、スタッフとして、S先生の弟子のMさん、パタンナーのTさんと私。しかしながら、S先生もパタンナー上がりのTさんも本社のやり方には批判的で、陰では常に悪口雑言。本社の担当者も、東京のファッション業界の専門家に、机上の空論の様な事を追及されると、返答が出来ず、こんな訳で、経営方針を変えざるを得なかったのかも知れない。

Tさんは、パタンナーとして、長らくアパレル業界で働いてきた人なので、仕事は早く、仕上げも綺麗。デザインはワンパターンなのだが、店では一番の働き頭。S先生は感覚の人、生地や着る人に合ったデザインに拘って、仕事が遅い。私は、どちらかと言うと、先生のタイプなので、どんな生地を持ってきても、定番のスーツに仕立ててしまうTさんにはちょっと抵抗がある。然し、店の経営は、Tさんがいるから、成り立っているようなもの。私は、お直しの講習も受けていないので、見よう見まねでその場を凌いでいるが、本来は、お客様が持ち込んできた和服や和服地をそのお客様に合わせてデザインし、素敵なファッションに仕上げる先端のショップで腕を磨くのが目標だったのだ。

本社の担当の人にこんな話をすると、私の立場には同情してくれるものの、「まあもう少し我慢して下さい」と言われた。解ってくれさえすれば、当座の我慢ならどんなことでも我慢しなければと思う。「勝って来るぞと勇ましく……」ではないが勇んで家を出たからには、このままsごすごと、夫の元には帰りたくないし、帰れる訳もない。

スタッフの皆には、私と言う人間も少しずつ理解して貰えて、先生や弟子のMさんに、食事に誘われるようにもなったが、Mさんは、話が違うと言って辞めてしまった。

Tさんは、ほとんど毎日の様に本社から来る担当のKさんとすっかり懇意になり、S先生に対する讒言を吹き込んでいる、と言っても、それは事実のようだった。

先生の自慢にしている経歴は過去の栄光で、現在は、服飾デザインと言うよりは、フラワーデザインの教室を、細々とやっていて、それも借金まみれ、本社の年俸が目当てで応募して来たと言う事。驚いたことに、彼女は、S先生の後まで付けて探りを入れていたそうだ。

結局先生はショップから手を引いて、2階で、教室の経営の準備に取りかかる事になり、Tさんがマネージャーと言う事になった。

その後、新しいスタッフも来て、ほどき専門のパートも入れて、お客様も増えて来たが、本社からは、毎日の様に、担当者が来て、スタッフの話を聞いたり、売り上げ、経費の問題等、色々チェックしている。自分達の人件費の方がよっぽど掛かっているだろうと思ったことだった。

先生が完全に退場してから、スタッフも3人増え、それぞれの個性もありながら、Tさんのリーダーシップの下、抑えるところは抑えて、楽しく和やかな日々を過ごした。

私も、休みの日には、地元との往復で、季節の衣類の取り換えや、必要な物品を運んでいた。

私は、画一的なデザインは嫌で、自分なりに仕事を受けていたし、ファッションリフォームと名乗っている以上、それなりのファッション性がなければならないのではないかと考えていたので、Tさんがマネージャーを務めている事に常々疑問を抱いていたが、経営を考えると彼女の力を認めずにはいられない。

都心の一等地と言う事で、お客様は、大使館の人や、芸能人なども来店し、本来のファッションリフォームもたまにあったが、お直しが圧倒的に多かった。そのお直しも、毛皮や高級品が多く、神経の疲れる毎日だったが、たまには、デザインを考えてあげて喜ばれて、達成感が味わえる時もあった。

Tさんは、デザインと言えば、決まってテーラードスーツ。イージーオーダーみたいなきちんとした仕上げで、それはそれで素敵なのだが、デザイナーとしての面白みはない。しかし、既製服のすっきりした仕上げの技術を教えてもらった。人間的には、色々問題があり、私は好きではないが、教わる事は沢山あるので、とにかく1年は我慢して、Tさんのペースで進んで行くなか、なるべく沢山彼女の技術を吸収すれば将来の為になると、全てをぐっと堪えて勉強の時間にしようと思う事にした。

リフォームにしても、スーツの仕立て方についても、彼女から学ぶことは多かった。

「私の言う事を聞いておけば、悪いようにはしなかったのに……」と言う言葉は今でも思い出す。

辞めて行ったMさんに、渋谷駅近辺、原宿、青山通りを案内して貰ったり、近くは目黒不動尊、林試の森、迎賓館等、歩き回り、次には、恐る恐る目蒲線に乗って田園調布や洗足や自由が丘等、話題の街にも行ったりして、見聞を広めた。

住まいは、満足の出来るものではなかったが、地の利も良く、初めての東京生活を楽しむのには絶好の機会だった。

新聞を取り始めると、歌舞伎座や国立劇場、明治座、帝国劇場等の3等席の無料チケットを貰えた。入場券を貰うには、事前に並ばなければならないのだが、名前だけは聞いた事のある東京の一流の劇場で一流の演目、一流の俳優を見れる喜びに有頂天になった。

6畳の色褪せた畳の上の小さな卓上テレビで、寝っ転がって、壮大なオペラを見ながら、いつか、本物のオペラを見るぞと心に誓った。都民劇場の会員にもなった。どんなに遅くなっても、東京駅から目黒までのバスがあり、帰宅に困る事もなく、東京の文化は私の身も心も潤した。

この様にして1年近くが過ぎた。しかしながら、呑気な生活も、帰る家があればこそ。次女の結婚までと言う離婚までのリミットは近付いている。職場では、なかなか認めて貰えず、給料は19万止まり。せめてマネージャーになれていたら23万の給料が保証されているので自立出来たのだが。

正式に離婚するとなると、今までの様に、必要な物だけを、行ったり来たりで取りに行く事は出来ないのだから、先ずは住処を確保しなければならない。

自立するための最大の経済的負担は家賃である。その為に、自分のキャリアで、少しでも給料の高い職場はないものかと、あちこちリサーチを始めた。大手雑貨店、ミシンの販売所、リフォームショップ等々。

そんな中で見つけたのが、Y商事。ミシンの経験者と言う事で、25万貰える。好きな仕事で19万で暮らすか、生きる為のお金を稼ぐ為の仕事を選ぶか、お金が無ければ自立も出来ないし、人生も楽しめない、最大の課題は、これからの安定した生活である。考えた末に、夢に見、憧れて出て来たショップではあったが、思い切って、見切りを付け、転職することにした。

第2の人生の第一歩は挫折してしまったが、退路のない身で、前に進むしかない。これまでの生活のすべてを捨てた裸一貫の私が、社会でどの位通用するのか、不安もあるが、新しい生活に対する期待とやるぞと言う意思が体中に漲った。

最後の仕事は、次女のウェディングドレス。環境の整った店で、早出、居残りで、思いのままに生地を広げ、ウェディングドレスを縫わせて貰った事は、一生の思い出となった。

さらなる出発

Y商事は、首都圏一円に服飾雑貨の店舗を展開している大規模会社。とは言っても、社長が一代で築き上げ、子飼いの社員中心のワンマン経営の会社だった。

入社出来たのは、1992年4月、都内の店では、私と同じ立場で必要とされる人材は間に合っていると言う事で、都心から離れた郊外の店に採用と言う事になった。多摩地区に移ると言う事には抵抗を感じたが、贅沢を言ってはいられないので決心した。

ところが、すぐにでも社員にしてもらえるものと安心していたら、その頃のY商事は、ハードな勤務と待遇の悪さで、入社した社員がすぐに辞めてしまうというブラック企業だった。こんな訳で、会社の方針で、社会保険には、入社後3か月は入れない事になっていた。すぐにでも社会保険に入って、少しでも将来の年金を増やさなければならないと思っていた私は、がっかりしたが仕方がない。

暫くは、目黒から、小一時間かけて通勤していたが、職場に親しい友人が出来、その人の紹介で、街外れの木造2階建てのアパートに引っ越した。

これで2度目の「○○荘」経験。「○○荘」と言うのは、鉄筋のマンションと違って、隣も、上も、人の気配がして、不思議に孤独感がない。目黒から引き続き、一人暮らし初心者にはぴったりの場所だ。目黒では、間借り状態だったが、今回は、押入れ付き、6畳2間に台所、風呂、トイレ付き、階下に4軒、2階に4軒と、まともな生活が出来る空間がある。何でも取って置きたがる荷沢山の私には、うってつけのお城である。大家さん夫妻も、前の敷地の立派なお宅に住んでいて、顔が合えば、ニコニコと話しかけてくる。

何よりも、この地が気に入ったのが、下見に来た時に見た、桜並木に囲まれた小さな駅のホームの雰囲気。駅を降りて10分弱位多摩川の方に向かって歩くのだが、道の両側には栗の畑もあり、何とものどかな風景。

思えば、目黒の西小山の小さな駅も、ホームから、桜並木を見下ろせるのどかな立地だったが、日々、無我夢中で、引越しの日まで、ゆっくり眺めた事がなかったことに気付いた。

こうして、住居は落ち着いたものの、職場では、厳しい環境が待っていた。私の配属されたミシン売り場は、B社からの派遣社員が牛耳っていて、気に入らない新入社員は何人も辞めさせていると言う話。そもそもメーカーからの派遣社員は、会社としては、人件費を払わなくていい販売員なのだから大事にされる。自社のミシンを一生懸命売ってくれ、空いた時間には、他の商品も売ってくれる。

Hと言う小柄でコロコロしたおかっぱ頭の女性は、ミシン売り場だけでなく、雑貨と言う一塊の売り場全体に勢力を蔓延らせていた。普段は、いつもニコニコしていて、一見可愛く、誰からも好かれるタイプ。不用心に、すぐに他人を信用してしまう私も、それに騙されて、つい心を許してしまったのが運の尽きだった。

ミシン売り場には、各社のメーカーの販売員がしのぎを削っている。それらのメーカーは、週1日とか2日位の出勤なのだが、B社だけは、毎日の出勤なので社員並みなのだ。

売り場には、大きな塊の雑貨売り場の課長と、その下に、ミシン部門の係長がいる。

課長は、いかにも人の良さそうな温厚な人柄、係長は、40歳前後のミシンのメーカーから来た途中入社の男性で、メーカーに売らせることで、自分はあまり働かず、左うちわの毎日を送っているように見えた。

そこへ、やる気満々の私が入ったので、刺激が強すぎたようだった。最初は様子を見るなどすればよかったのだが、世間知らずの私は、メーカー派遣とは言いながら、専門知識もないHさんに、新しいミシンの使い方や、売り方のノウハウなど、誠心誠意教えてやっていい気分になっていたが、陰で彼女が係長も巻き込み、雑貨売り場の誰彼に、私の悪口を言い、少しでも早く辞めさせようとしている事を知った。

係長も私の存在が煙たい部分もあるだろうことは想像出来た。しかし私も、どんなに辛くても辞める訳にはいかない境遇である。売り場では、知らないふりをして、いつも誰にも笑顔で接していた。

間もなく、ミシン売り場に私より10歳位年下で、若くて美人の、容姿を武器にしているような自信過剰の女性が入社してきた。ミシンについては未経験なのに、どんな資格で、ミシン売り場に配属されたのか、25万の給料を貰うという事で、他の社員から羨ましがられていた。普通は、途中入社のおばさん達の初任給は20万なのである。

彼女は、見かけによらず、おっちょこちょいだったが、人柄は良かったので、すぐに仲良くなり、お人好しの私は、これで味方が出来たとばかり、自分の知識を惜しみなく与えて、彼女をミシン売り場のベテランに育て、二人で仲良く売り場の運営をしていくつもりだった。

これまでは、メーカーのHさんの独断場で、B社主力の売り場だったのだが、会社では、J社のミシンを推奨していたので、二人で、J社の販売に力を入れるようになると、Hさんのライバル心と嫉妬心がますます高じ、あの手この手で二人の中を裂こうと必死になり出した。私が言いもしないことを、彼女に言い、彼女が言ったかどうかは知らないが、私には、彼女がああ言ってるこう言ってると告げ口するのである。

脳天気の彼女は、まんまと彼女の作戦に引っ掛かり、二人の仲は日増しに険悪になっていった。K係長も、日々の感情の起伏が激しく、私の失敗には厳しく、若い彼女の失敗は大目に見るという明らかな差別も体験した。Hさんを首謀とする3人で何かと意地悪を仕掛けて来て辛い毎日が続いたが、こんなトラブルで、社内の噂話のネタになるのは嫌だと思う持ち前の負けん気で、気が付かないふりをして、あるいは気にかけずに、店では、明るく、楽しそうに働いた。味方になってくれる気の合う仲間も増えた。

そんなことで、売り場の成績はみるみる上がり、100万と言う店始まって以来の新記録を達成し、さすがの係長も、私達二人を食事に誘ってくれた位だった。店全体で2000万を売り上げると大入り袋が出るのだが、ミシン売り場はそれにも貢献している。

店長も、私には一目置いてくれるようになった。もともと店長は、このY商事の子飼いの人材ではあるが、私の感じでは、他の経営陣と違って、人間味があるような気がしていた。社員の気持ちも少しは解る人ではないかと思っていた。

そんなことで、1年目のボーナスが1か月違いの3月入社の友達が、給料の1か月分、20万貰ったのに、4月入社の私が9万弱だったことに対して、ちょっと不満を言ったら、何日か間を置いて、会社の規約や何かを調べて解答してくれ、納得するしかなかったが、誠意は感じられた。昇給についても然り。ボーナスや昇給に関しては、個人差があり、謎だらけだった。

一般社員は、そんな会社の勤務評定を気にして、上司の言いなりに、有給休暇も取らず、早出、残業は当たり前の毎日を、コマ鼠のように働いている。上司の勤務評定は、いかに一般社員を、言いなりに動かす事と言う事だろうから、上司も情け容赦はない。

一生懸命働いても、要領の悪い人は目立たず、要領の良い人は、普段はぶらぶらしていても、社長や専務の店内視察とかの時には、盛んに働いているふりをする。会社と言うものは、どうして人間の陰ひなたが分からないのかと悔しく思う。

専務は、次期社長を約束されている社長の息子である。海外からの商品の仕入れ、売り場計画の中枢を担う部署で、4~5人のごますりで昇格した取り巻きを引き連れた、この専務の視察と言うのが、月に2回程ある。

社員一同、特に、役付き社員は、皆の前で、普段の仕事ぶりを評価される。時には、けちょんけちょんに罵倒されたりすることもある。皆その日は早朝出勤して、売り場を整え、バックヤードも整理して、叱られそうな不良在庫は破棄してしまうと言う徹底した隠匿、保身操作をする。こんな事をしても元が取れるのは、海外から、二足三文で買い付けて来る大量の雑貨類を、安価で販売して利益を出すという会社の方針からなんだろう。

K係長に、今月から毎月の反省レポートを書いてみたらどうかと言われたので、彼が今まで書いた物の見本を見せて貰ったりして、1日中掛かって、まあ満足のいく物が出来て、係長のOKも出たので、いざ清書しようとしたら、「後は、俺が書いておく」と、取り上げてしまった。

人事について、B社のHさんの態度があまりにひどいので、そのことを書いたら、メーカーは関係ないとの事。果たしてそうだろうか？　わがまま放題のメーカーの御機嫌取りをしながらやるのが当たり前なのか。私が言いたいのは、メーカーは、自分の立場を自覚して欲しいと言う事。メーカーの仕事としては、自社製品のアピールと販売、Y商事への協力、メーカーとしての立場のけじめをつけて会社の人間関係にまで口を挟んだり、立ち入る事は控えるべきだと思うと言う事を言いたかった。

気まずい日々が続いていたが、新しくパートの女性も入り、Hさんの邪魔立てにも耐え、全てを胸中に納め、気にしないふりをして、明るく振る舞っていた。

ミシン売り場で私が育てたYさんは、ちょこまかとよく動くので、雑貨売り場にも重宝がられて、ついには、ミシンと両方兼ねるようになり、課長の計らいで、私がミシン売り場のチーフになり、彼女が雑貨売り場のチーフという事になった。

Y商事では、余程注意しないと、50歳過ぎていて、若い人に逆らってプライドを持っていたりするといじめか爪はじきにされる。かと言って、馬鹿になっていればいるで、馬鹿にされる。本当に難しい所なのだ。今回の人事も、もしかしたら、課長の計らいで、私の面子を立てる為、ミシンのチーフにしてくれたのかも知れない。

チーフになると、８０００円の手当がつく代わりに、売り場での責任も重く、早出、残業は当然となる。しかしここは、一応は、会社が認めてくれた事。自分の主義主張とは相いれなくても、他の従業員と同じく、ひとまずは会社に従順に働くしかない。

売り場では、嫌な事も多々あるが、落ち込んだ時ほど元気に明るく振る舞う私の意地と、気の合う友人の慰めをも受けながら、とりあえず楽しく働けている。休みには、いずれ自立する為と、相変わらず、寸暇を惜しんで、自分の縫製技術の向上の為、プロソーイング教室に通って勉強したり、東京の風物の見学やカルチャーを楽しんでいる。

私のストレス解消は、観劇に行ったり、旅行に行ったり、普段と違う空間で、楽しく過ごす事である。会社の中でも、私に感化される友達が増え、遊びに行く仲間が増えた事は喜びだった。

こんな中、さすがに堪忍袋の緒が切れて、2回程、後輩のYと言い争いをしたことがある。1度目は、チーフになる前、まだミシンの事もうろ覚えの時期に、自信過剰の性分が出て、知ったかぶりの態度を取り、私にまで指図する。自分の仕事はやり散らかして、他人に後始末させて平気で、一人で働いているように偉そうにしている。普段我慢していたことが一気に出て、友人二人もびっくりしていたが、理解はしてくれて、周りの耳目を集めるほどの大騒ぎにまで発展しなくてよかった。

2度目は、チーフになってから、その頃は、彼女はほとんど雑貨の方に行っていたので、普段あまり接触はなかったが、その日は朝からずっと態度が悪いので、夕方客が引いた時に、思い切って「仇同士でもあるまいに、どうしてそんなにいがみ合わなければならないのか」と問い質した。私もこのところずっと彼女のやる事なす事が気に入らないので、思い切ってそのことをぶちまけ、彼女も彼女で、顔を真っ赤にしながら、思いのたけをぶっつけて来たので、私も、「悪い所は言われれば改めるし、謝りもする。特に根性の悪いひねくれ者でもないのだから、気が付かない事は言って欲しい」と言ったら、彼女も少しは気が晴れたのか、「私も、言いたい事を言ったから、すっきりした」と言って、その後は又、いつもの彼女に戻ってくれたので本当に良かった。そして、役割分担をしっかり決めて、先ずは事なきを得た。私達のやり取りをK係長や他のメーカーの人も聞いていたので、ここで大人気ない喧嘩等に発展したらみっともないと思っていたが、私の顔もつぶれず一段落となってほっとした。

いつも大した仕事もせずに、ふんぞり返っていた係長が、何の理由か、突然退職した翌年、大学卒の3人の男性社員が入社して私の配下になった。

会社としては、その中の一人を、私に、育てて欲しいと言ってきたのだが、メーカーのHさんが「夢子さんって、恐い人だよ～」と吹き込んで、悪い先入観を与えてしまい、雑貨に行ったYチーフが、雑貨の若手とつるんで、遊びの仲間を作り、そちらに引き入れてしまったので、私の思うようにはならず、結局1年ほどで辞めてしまった。

残りの二人は大人しく、従順で、それなりに育ってくれたが、例に洩れず、3年から5年位の間に辞めてしまった。

当時、Y商事では、毎年、大学卒を店全体で10人位入れていたが、いずれも定着せず、ほとんどが1年以内に辞めてしまっていた。残ったとしても、平社員では、家族を養って行ける給料でもなく、将来の見通しも立たないのだろう。

8年間の勤続の間に、気の合う仲間が4～5人出来たが、私以外は、思うように、有休を取れない中、勤務が終わったその日の夜行バスでの観光旅行やら、日帰り旅行を月に1回程度は楽しみ、近辺のほとんどの観光地は網羅した。

又、車が好きだったので、趣味として、運転もしたく、幸い大家さんが、アパートの横の敷地に、無料で車を置かせてくれると言ってくれたのを機に、入社1年目には、中古のダイハツの軽自動車を購入。ペットを飼ったつもりで、ビッキちゃんと名をつけて、ガソリンの餌を与えて楽しんだ。

このビッキちゃんは、売り場で、客を間違えてミシンを発送してしまった時などにも活躍した。年に1回位はあったかも知れない。その他、仲間を乗せて、多摩の温泉などへも行った。ある時、立川の通りで、何気なく追い抜いた車に後をつけられ、帰って、駐車場に止めて置いたら、翌朝、窓ガラスがひびだらけになっていたことがあった。多分、私に追い越された誰かが、腹いせにやった事だろう。時々テレビなどで見る嫌がらせを体験し、恐ろしく思った事だった。

娘が来た時に、奥多摩湖まで行き、奥多摩周遊道路を帰る途中、ガソリンがエンドラインを切り、行けども行けどもガソリンスタンドはなし、冷や汗もので帰り着いた事もあった。

いくつになっても、好奇心旺盛で無謀で冒険好きな性格は治らない。

この間、私は、東京と言う地の利を生かして、満州からの引き揚げ者のグループの会に入り、自分のルーツを訪ねて、旧満州への旅も経験した。他の仲間と違って、私は有休は労働者の権利であるから、取って当たり前と言う信念を持っているので、恐れる事はなかった。実際、他の売り場と違って、そんなにボーナスに響いたと言う感覚を感じなかった。これは、上司に、温厚な、人間味のある課長がいたからだと思う。

一度だけ、棚卸しの日に体調不良で有休を取ったことがあり、その時は、誰からも嫌われている雑貨の係長に嫌味を言われ、「私は、貴方からボーナスを貰う訳ではない」と見栄を切って、そのことを店長にも訴えたが、店長は薄く笑っただけで、見事にボーナスほとんどなしと言う結果になった。

定年までの8年間で、両親を見送ったが、遠路の為、連休にしなければならない時に、振替休日を申請するのだが、その申請時、チラシの出た時の土、日の休みは赤丸、自分の都合の時は、黒ボールペン、会社都合の時はグリーンのボールペンと決められている。課長の計らいで、売り場都合にして貰った時は、優しさに感激した。

又、色々言いながらも、両親の葬式に対しても、会社として、花輪等の手配をしてくれて、私の面子も立てて貰った。

60歳で定年になった時、会社からは、契約社員なら雇ってくれると言ったが、契約社員では、ボーナスもなく、身分の保証もない。会社に都合よく使われるだけだと思い、思い切って辞める事にした。心の中では、これだけ会社に貢献して、これからもまだまだ貢献できる人材だと思っているので、社員として引き止められるかと淡い期待を描いていたのだが、現実はそう甘くはなかった。

何も知らない家庭の主婦が、世間の荒波に乗り出して8年、縁も所縁もない厳しい職場で、一個人として苦労しながらも、自分流を貫いて生きた日々、一生の友も出来たし、得るものは沢山あったけれど、失うものはなかった。悔いはない。

丁度その年、介護保険制度が始まり、厚生年金の失業者再雇用制度で、日当付きの、3か月の講習を受けさせてくれると言う。この際、しのぎを削る営業の世界を離れて、精神的な充足を求めて、介護の世界を覗いてみようという気になり、勉強することにした。

第2章　終の棲家

共生の住まいを目指して

退職はしたものの、何故かこの時は、将来の不安はなかった。ストレスから解放された喜びと、暫くは、失業保険で暮らせると言う安堵感で、幸せ感に満ちていた。

元来勉強好きな私は、厚生省の離職者再就職支援講習を楽しみにしていた。たまま2000年は日本が介護保険に取り組み始めた年。将来、誰もが受ける事になるであろう介護について、自分の為にも勉強してみようと言う気になっていたからだ。勉強代は無料だし、交通費も出た。何よりも、パソコンのワード、エクセルを基礎から勉強できると言う事が魅力だった。

コンピュータと言うものに挑戦してみたいと言う思いに駆られ、退職金でパソコンを購入。張り切って3か月の講習に取り組んだ。クラスメートは18名。若者が多かった。元来、理数系が苦手だった私だが、ワード、エクセルに関しては、先生の説明をよく聞き、テキスト通りにやっていればスラスラと進んだ。分からない事は、その場で質問し、納得出来てから、次に進んだ。パソコンって、実は、文科系なのかなと、ちょっと考えてしまった。あまりに面白くて、無謀にも続いてシスアド講座も受けてしまい、これは敢え無く途中で挫折してしまったが……

この講座の主たる目的は、介護保険事務と言う資格を取らせる事だった。合格率50〜60％と言う試験には一発で合格し、若い人に驚かれた。ところが、当時は、この介護保険事務と言う資格では、なかなか就職出来ない事が判明した。介護保険が始まった2000年、老人福祉の法律が、大きく変わり、介護は、措置から、契約になり、介護事業所の民営化で、あちこちに事業所が出来た。然しながら、仕事も事務処理も、まだまだどこも試行錯誤で、経営者は勿論、主たる仕事を司っていたケアマネージャーと呼ばれる人達は、看護師上がりとか歯科衛生士、薬剤師とかで、誰も正式に勉強して来た人達ではなく、紙のレセプトで四苦八苦。パソコンで事務を処理する事業所などほとんどなかった。

こんな訳で、3か月の講習が終わった後に、とりあえず就職する為に、3級ヘルパーの資格を取った。クラス仲間から、西東京で、介護事務を求めている事業所を紹介すると言ういい話もがあったが、惜しげもなく断ってしまった。と言うのも、その当時は、福祉マンションを作ろうという会の活動に取り組んでいて、将来の働く場所も、気の合った仲間と働きながら暮らすその場所にしようと決めていたからだ。

退職を6月に控えた2000年の1月、たまたま新聞で目にした「共生の住まい」構想の記事。将来の住まいを考えていた自分のニーズにピッタリ合っていた事もあり、すっかりその気になって、第1回の集まりから、居残って懇親会にまで出席してしまった。その後は、あれよあれよという間に、コアメンバーに引き込まれ、その後は、暇さえあれば、会の事務局や施設が出来ると言う中伊豆に通っていた。

ウーマンリブの旋風の中、自立した女、自立を目指した女たちが、将来の安住の棲家を求めて、模索していた。夫と一緒の墓に入りたくないという声が、あちこちで聞こえ始めていた。

退職者老齢厚生年金が支給されるのを良い事に、大田区にある事務所で、会員集めや、事務仕事のボランティアに精を出した。その先にある「共生の住まい」にたどり着くまでの道矩の困難さなどを考える程の分析力も冷静さも持ち合わさず、ただただそこに描かれた大きな夢と、その実現に向けて取り組む、同年代の女たちの熱意に巻き込まれて、自分の生きる道を模索した。

事務所の仕事にも慣れた頃、やっと時給800円をくれるようになった。お金を稼ぐのにあまり真剣になっていなかったのは、現役の頃は、あれほど真剣に正社員になりたかったのに、退職時、年金事務所に、今後の年金の掛け方について相談に行ったら、意外にも、正規に働いて、厚生年金を掛けるより国民年金に入った方がいいと言われたからだ。私は、年金を増やすには、退職時の給料が計算の対象になると思うので、少しでも高い方がいいのではないかとずっと思っていたのだが、今回の退職に当たって確定した年金については、そればかりではないのではないかという感じがしていた。現役の頃の給料が良かった割には、少ないと感じたからである。ハローワークで、同じことをもう一度聞いたが、やはり返事は同じだった。従って、退職後は、パート社員に徹する事にした。

活動している仲間は、ほとんどが自立した女性たち。元公務員とか、看護師、学校の先生を退職した人たち、今なお能力を持って生活していている人たちで、経済的な不安を感じている人は少なく、伊豆までの旅費の負担などものともせず、暮らし方の夢とか、志を持って精力的に活動していた。

自分とは大分違うなと言う思いはあったが、働きながら入居者と共に暮らそうと言う人たちに向けての事業案や、ワーカーズの設立等、女たちが、助け合って共に暮らそうと言う夢と希望の熱い思いが、私をすっかりその気にさせ、活動に深入りしてしまった。

まず初めに出来たのが農園の会。休みの度に、電車に乗って、中伊豆まで出かけて、畑仕事。然しこれは余裕のある人の趣味の範囲である。その傍ら、田舎で共に暮らすための企画や地域の人たちとのコミュニケーションの取り方、どんなことが仕事になるか等の研究。

私も、ここぞとばかりに、これまでの経験を生かして、洋服の仕立て、お直し、着物のリフォーム等、今後、新しく出来る施設に行って仕事になりそうな事業が出来ないものかと提案。皆も、その気になって、色々協力してくれ、イベントでファッションショー等を開いたりして、会を盛り上げた。

しかしながら、事業の経験もない女たちの夢物語、私のファッションに対する才能の乏しさもあるが、企業化して、生活の基盤に出来るまでの構想は浮かんでこなかった。

経済力のある会員たちの入居予約が進んでいた。こんな時、次に思いついたのが、入居者の為のコーディネーターとしての仕事。パートだとしても、安定した収入が得られる。試しに、同じ運営会社の経営するライフハウスで研修を兼ねて、働くことになった。

これは、当直専門の仕事だったが、ライフハウスは、自立している人たちのホームなので、滅多なことがなければ、対応する事は起こらない。夜中の巡回もない。キチンと戸締りを確認して、翌日の日勤に引き継げばいいだけである。

最初は、寝る前の戸締りの為、一人で、ハウスの周りに出て行くのが怖かった。当直の部屋に寝ていても、いつ、緊急ベルが鳴るかと、不安で仕方がなかった。3日か4日に一度の勤務だったが、次第に慣れて、入居者さんとも仲良くなり、頼りにされるようになった。

入居者が二十数人ほどの施設には、施設長が一人、コーディネーターという、窓口担当が3人、交代制なので、普段の対応は二人である。介護は、外部からヘルパーが来るので、コーディネーターは、施設の衛生管理、食事の手配等、普段の生活のサポート。何人かは、ヘルパーを依頼していたが、その場合も、時間の調整をするだけでいいので、普段は、受付でお喋りしている事の方が多い。

1週間に一度のお茶会の用意もするのだが、何をするにも、皆、楽しんで仕事をしている。

私も、夜勤明けには、お喋りしたり、お茶会に参加したりして、入居者さんともすぐに仲良くなった。ある日、子供の頃、少し吹けていたハーモニカを披露すると、大変喜ばれて、それからずっと、私の特技になった。

こういうライフハウスでの、和気あいあいの楽しい職場体験をしている間に、共生の施設の計画は、どんどん進行し、中伊豆の田舎に、公募で採用された女性の設計士によるモダンな素晴らしい建物が完成した。

提唱者のK女史が入居したと言うニュース。フェミニズム論議で、マスコミを沸かしていたY・Tさんも、部屋を確保した。その後、何度か、この施設のゲストハウスに泊まり、セミナーに出席したり、温泉に入ったりした。素晴らしい施設で、快適な生活をしているかっての仲間たちと触れ合ったり、洋服の直しを依頼されたりもしていたが、結局、コーディネーターとしての仕事にもありつけず、経済力のある人たちとの格差に現実の厳しさを実感した。仲間の一人は、入居して、食堂で働いていたが、働けなくなった時には暮らして行けるのだろうか？　その採算が合ったからこそ、選んだ道だろうとは思うけれど。

完成までの、３年の歳月。私にとっては、夢の様な、いや、夢中で、夢を見たばかりに、挫折感と後悔が大きく、暫くはこの施設のニュースを聞いただけでも、耳を塞ぎ、目を覆いたくなる日もあった。

学び、前進する事がポリシーの私がこれが人生の最終目的と決めて「共生の住まいを考える会」に入会したのがきっかけで、その理念や提唱者のK女史の事を学び、大学の教室でＹ・Ｔ氏のフェミニズム論の講義を聞いて、彼女の潔い人柄に惚れこみ、選挙の立候補を応援し、当選した喜びを分かち合った日々。施設の着工記念パーティーで、華々しくファッションショーを開いて注目を集めた日。仕事作りの為、何度も足を運び、一時は、この共生の施設に入居出来なくても、近くに暮らして、働きながら、気の合った仲間と暮らすのもいいかと、同じような思いの何人かと、近辺に不動産を探した事もあった。

最初の入居は、完成前の予約金が５００万。入居してから、間取りによって残りのお金を払う。最低で総額１０００万少々位だった。当時、全財産をつぎ込むと思えば、出せない金額ではなかったが、その後ずっと支払う、毎月の家賃に光熱費。私の年金ではギリギリいっぱい。生活には全く余裕がなく、食べて寝て働くだけの生活である。田舎の生活が好きで、それだけで満足する人もあるだろう。然し、遊び好きの私にとってはどうだろう。たまに、文化に浴する為に東京へ行きたくても、お金がかかる事なのである。気晴らしに、旅行に行く事も出来ない。

考えてみれば、原点は、都会が好きで、都会の文化に憧れて上京して来たのではなかったか。田舎暮らしが好きな人と、肌が合うだろうか？　狭い空間で、人間関係の軋轢もあるだろう。生き方上手とは言えない私にとって、悶々とした生活を余儀なくされる可能性大である。それを上回る程の、生き甲斐や喜びが見いだされる事があるだろうか？　その時々の自分の欲求に振り回されてしまう、信念に乏しい私には自信がない。

これまでも、経済的な理由ではないが、運営やら、人間関係やらで、何人かの仲間が撤退している。

色々考えた末、やはり私には、自由でフレキシブル、人の目も気にしないで、好きな事が出来る都会暮らしが合っている事に気が付いた。

退職後の大事な2年間、とんだ回り道をしたものだが、これも人生。今後は、思い直して、生きて行く為に、習得したキャリアを生かして、生活費を稼いで行かなければならない。

浦和のライフハウスに足掛け3年位勤めている間に、ヘルパー2級の資格をとった。そこで、浦和では部屋を貸すから、住んでくれないかと打診されたこともある。それもいいかと考えたが、仕事が出来なくなったらどうするかと言う考えが真っ先に頭を掠める。そのままハウスに住んでいられるだけの経済的基盤に自信がない。お情けで住まわせてくれる事もないだろう。それに、東京より東、埼玉と言うのが、頭に引っ掛かる。私は、元々の親の実家は九州の田舎、静岡の地方都市に長く住んで東京に出

郵便はがき

料金受取人払郵便

新宿局承認

7552

差出有効期間
2024年1月
31日まで
（切手不要）

160-8791

141

東京都新宿区新宿1－10－1

（株）文芸社

愛読者カード係 行

ふりがな お名前		明治　大正 昭和　平成　　年生　歳	
ふりがな ご住所	□□□-□□□□		性別 男・女
お電話 番　号	（書籍ご注文の際に必要です）	ご職業	
E-mail			
ご購読雑誌（複数可）		ご購読新聞 新聞	

最近読んでおもしろかった本や今後、とりあげてほしいテーマをお教えください。

ご自分の研究成果や経験、お考え等を出版してみたいというお気持ちはありますか。

ある　　ない　　内容・テーマ（　　　　　　　　　　　　　　）

現在完成した作品をお持ちですか。

ある　　ない　　ジャンル・原稿量（　　　　　　　　　　　　）

書　名				
お買上 書　店	都道 府県	市区 郡	書店名 ご購入日	書店 年　月　日

本書をどこでお知りになりましたか?

1.書店店頭　2.知人にすすめられて　3.インターネット(サイト名　　　)

4.DMハガキ　5.広告、記事を見て(新聞、雑誌名　　　)

上の質問に関連して、ご購入の決め手となったのは?

1.タイトル　2.著者　3.内容　4.カバーデザイン　5.帯

その他ご自由にお書きください。

(　　　)

本書についてのご意見、ご感想をお聞かせください。

①内容について

②カバー、タイトル、帯について

弊社Webサイトからもご意見、ご感想をお寄せいただけます。

ご協力ありがとうございました。

※お寄せいただいたご意見、ご感想は新聞広告等で匿名にて使わせていただくことがあります。

※お客様の個人情報は、小社からの連絡のみに使用します。社外に提供することは一切ありません。

て来た。親類縁者は皆、西である。これ以上東に行こうと言う気になれない。これが一番大きな理由かも知れない。

介護の仕事を志して

共生の住まい構想卒業と共に関連施設とも縁が切れたので、半分働いて、半分遊んでいるような勤めは、快適だったが、このままでは、将来が心配だと、地元で、働く事を考えるようになった。

たまたま募集していた二つの訪問介護の事業所で、どちらがいいか比較するつもりで面接に行ったが、どちらも、すぐに採用された。

初めの事業所は、大きな事務所の一画の入り口近くに書棚などで仕切られた場所が介護事業所の様で、スチールのテーブルが3卓ずつ向かい合わせに並んでいて、人は常時2～3人しかいないような所。

初回に連れて行かれたのが、ベテランのヘルパーが同行してくれて、遺漏で寝た切りの利用者の部屋の掃除をする仕事。乱雑に散らかった部屋で、何をどうしてよいやら分からなかったが、とりあえず、見た目で片付いて見えるようにする位だった。その利用者は、何でもそのヘルパーの知り合いの人で、彼女はそこで住み込んで、介護をしながら、上の資格を目指して勉強しているとか、つまり、彼女の部屋の掃除だったのかと思った。何だか訳の分からない情況だったが。それでも、時間までいて、時給をくれるのだから、悪い仕事ではないように思えた。

もう1か所は、きちんとした事務所で、いつも責任者がおり、一人、二人のヘルパーが報告書などを書いていた。そこでも、すぐに仕事があり、同じく初回は同行後、後は単独での訪問となった。どちらも、食事の支度とか家事援助が多かった。トイレ介助もあったが、女性なので、助かった。その後、男性の入浴の介助の仕事があったが、それも後ろから見ているだけで良かったのでやれやれだった。

ヘルパー研修の時、男性の老人の裸体を初めて見た時は、目のやりどころに困ったが、そう言うことにも少しずつ慣れて、一見何事にも動ぜぬ姿勢を保てるようになった。

暫くは、ライフハウスの当直勤務との二足の草鞋での生活が続いたが、訪問介護はあまり好みではなかった。利用者と親しくなってお世話になったりもするし、それで人間関係が出来て、いい部分もあるが、自分の性格として、あまりお節介焼きではないので、少々重荷になったりもする。他人の家庭に入って、のぞき見のようになるのも嫌だった。

特養でもいいから、施設のヘルパーが良いと思っていた矢先、近くの有料老人ホームで募集があった。1回目は落ちたが、2回目の募集でやっと採用された。採用されたものの、ヘルパー責任者が、根性の悪い若い女性で、何かにつけ、目の仇だった。

少し前に入った未経験の20歳位の男性ヘルパーを、男性と言うだけで優遇し、何かにつけ、私に冷たく当たるのである。おばさんそのものが嫌いだったのだろうか。私は、介護保険の勉強も嫌というほどしているし、2級、3級の資格も取って、ホームのコーディネーターもやったし訪問介護もやった等と、誇示しているつもりは毛頭なかったのだけれど、どこかにそういう態度が見えたのだろうか。何を言っても、何をしても、意地悪な薄ら笑いで、ふふんと鼻をくくった態度で接しられた。

施設と言うものは、得てして、若いものが優先なのだ。新卒で、専門学校を出た人達を正社員にして、中途採用の中年は、それらの人の補助か辞めた時の為の要員でしかない。本来は、そういうベテランの人達がいてこそ、回っている職場なのに。こういう経験は、定年退職までの職場でも、いやという程体験したが……まあ職場にいる間だけなのだから、と我慢するしかない。

新しい職場は、居室が二十数個の24時間対応の有料老人ホーム。どちらかと言うと静かで落ち着いた雰囲気の高級な部類に属するホームだった。施設長と、介護責任者、事務員、看護師と看護助手と運転手。ヘルパーは総勢20名近く、その内、新卒の若手が5～6人、中年の中途採用の契約社員が6～7人、パート社員が3～4人、パートの掃除係りが2名。食堂には、業者が入っている。

勤務は、A、B、C、D、E、F、G、H勤と分かれていて、それぞれ2～3時間位ずつずらした交代勤務。夜勤は二人。夜勤専門のパートもいた。こう言う所では、夜中の見回りとか、夜中に、もしもの事があったりするので、恐い思いをしたくないと、夜勤は遠慮した。実際、看取りまでやっているホームなのだから、夜中の変事は当然の事。パート社員の特権で、希望通り、日勤だけの勤務で良いと言う事になった。こんな事も睨まれた理由の一つだったかも知れない。

訪問介護に比べたら、何という気楽さ、困った時は、誰かが側にいるし、時間にせかされて仕事をする事もない。入居者のペースに合わせて介助する。散歩に同行したり、買物、通院に同行したり、時には、一緒に外食ツアー、バスツアーもある。勿論自分の費用は自腹であるが。レクリエーションの時間には、得意のハーモニカで、皆を喜ばせた。

80歳の男性で、普段は発音もおぼつかないのに、ハーモニカはちゃんと吹けるのには驚いた。抑留経験もあると言うその男性は、ハーモニカを吹く時だけは、生き生きとして、「国境の町」とか「異国の丘」を上手に吹いていた。初めは、自室のトイレまで歩行介助して行けたのだが、一度入院して帰って以来、オムツになり、嚥下障害で、逝ってしまった。

従軍看護婦で働いていたという女丈夫もいた。長く、看護学校で後輩を指導したと言う彼女は車椅子ながら、頭はしっかりとしていて、世の中の動きについても話が出来た。細いながらも、がっしりした体格だったが、リンパ液の流れが悪く、車椅子に乗った足はいつもパンパンに張れていた。私の介護を気に入ってくれて、「あなたで良かった！」と、いつも笑顔で迎えてくれた。

印象的だったのは、戦前の台湾にいて、台湾総督と面識もあったと言う90歳近くの体の大柄な女性。その頃は車椅子だったが、立てば１６０㎝以上もあったろうか。その時代の女性として、嫁に貰い手があったのが不思議な位だったが、これまた、身体の大きな、立派な娘さん達がいて、いつも、お見舞いに来ていた。母娘仲良くと言うよりは、娘達はお母さんを尊敬していた。その頃私は、ボランティアで「聞き書きの会」に属していたので、彼女の台湾時代の思い出を１冊の本にまとめてあげたら大変喜んで、増刷まで頼まれた。

ある夫婦は、御主人の方が、妻には世話になったし、色々迷惑をかけたから、最後は自由にさせてあげたいと、二つの居室を契約していた。御夫婦とも元気で、一緒に出掛ける時もあれば、各自の趣味でそれぞれ出かけたり、起床、就寝の時間もお互い束縛されることもなく、のびのびと自由に生活されていた。自宅もそのままで、時々手入れに行ったりされていた。

入居者の事を書けば切りがないが、こういう施設で、最後のひと時を送れることは、幸せな事だとつくづく思った。一般庶民には、まだまだ高値の花の生活であるが。

訪問介護で訪れた、在宅での老後の過ごし方にも、人それぞれ。私の場合は、比較的恵まれた人が多かったが、そんな幸せな人は少ない事だろう。困難な状況に置かれている人の方が多いと思う。

誰もが、安心して暮らせる、こういう施設が、もっと一般的に普及して欲しい。

最初にいた意地悪な介護責任者の若い女性は、転勤したか辞めたか、その後、音沙汰はなく、未経験だった若い男性のヘルパーは、チーフと言う肩書を貰い、本社の会合などに出向き、あれよあれよと言う間に、出世して、施設長にまで昇進した。人材がいなかったせいもあったろうか。運が良かったとしか言いようがない。男性と言う事も大いに幸いしたと思う。後に、独立して、施設の入居紹介業をするまでになったのだから驚く。介護業界の波に乗ったと言えるのだろうか。

施設の仕事に少しずつ慣れてくるようになると、どこの世界にも、要領の良い人と、クソ真面目な人間がいるのに気付く。私は、どちらかと言うと、クソ真面目な人間に属する方なので、ベテランヘルパーのいい加減さに腹が立つ事もある。又、新人ヘルパーのおぼつかない介助の仕方に、疑問を感じる事もある。つい黙って見ていられなくなり、口を出してしまって、煙たがられる存在になってしまう。食事介助も、一つ間違えば、嚥下障害で命を絶つ事にもなりかねないのではらはらする。又、最後を宣告された入居者が、食べるものを欲しがっているのに、ナースの判断で、氷しか与えない様子を見たりすると辛くて、これも疑問に思ってしまう。これもやむをえない事なのだが、風呂に入らない入居者を、ほとんど暴力的に、浴室に拉致するのが上手な中堅のヘルパーもいた。

時には、うるさがられもしながら、私の人間性は、ともかくも入居者や同僚にも受け入れられ、8年と言う歳月をこの施設で働く事が出来た。

介護保険も初期の頃は、利用者がいなくて、政府も普及に必死であったが、事業が民間に開放されると、金儲け主義の社会福祉法人やNPOが乱立し、悪い事をする事業者も出たり、3年毎の法の見直しの第1回までは、混乱していたようだ。

私も又、いつもの習性で、どうせやるからには、少しでも上を目指したいものと、次に目指したのは、介護福祉士。本心は、同じ国家資格でも格が上の社会福祉士の資格を取って、肉体労働から解放されて、事務系の仕事になりたかったのだけれど、社会福祉士の試験は、大学か短大卒でなければ受けられない。

実力はあっても、学歴で差をつけられる口惜しさに泣いた。介護福祉士の試験を受けるのにも、実務経験3年と言う条件がある。これも学卒ではない悲しさである。社会と言うものは、スタートラインから、差をつけられると言う事を実感した。

ギリギリその条件を満たしたところで、これも一発合格した。介護福祉士になったら時給が200円アップした。そのほか、介護用具専門員、精神障碍者介護専門員、医療行為講習会等、介護に関するあらゆる資格取得の勉強をして、いざと言う時に備えた。然しながら、そういう資格を発揮するチャンスには恵まれなかった。

それでも、少しでも上を目指して、地位と報酬を得たいと言う私の欲求は強く、次に志したのは、ケアマネージャー。これは、5年と言う実務経験がいる。これも、条件ギリギリまで待って、試験を受け、一発で合格した。同じ事業所で5人受け、3人の合格だった。介護支援専門員の許可証が出たので、事業所に申請したのだが、ここでは間に合っているからと言われてしまった。

3人のうち一人は、短大卒だったので、早速やめて、他の会社に転職。間もなく副施設長から施設長になった。

一人は、私より20歳も若く、仕事もバリバリこなす立派なヘルパーなのだが、現場が良いと、ケアマネの仕事には興味がなかった。彼女は、嫌がる入居者を、無理にでもお風呂に入れる名人である。

私は、年も年だし、現場のヘルパーは卒業して、ケアマネとか調査員の仕事が良いと思っていたので、その頃、調査員の募集をしていた市役所に当たってみた所、なんと口惜しい事に市役所で雇えるのは65歳までと言う。私は、その時既に65歳を何か月か過ぎていたのである。

70歳を過ぎても、相談員をしている人は何人もいた。これまでの経験で大きな顔をして「私は75歳なのよ」と得意顔で言っていた職員の顔を思い出す。それなのに、一生懸命勉強して、使命感に燃えて、これから、活躍しようと思う人の道は閉ざされているのである。公務員等の既得権の行使と言う悪弊である。

色んな資格もあるし、知識もある。使命感に燃え、やる気もあるのに、このまま埋もれてしまうのかと言う悲哀を感じる日々。あちこち、他の事業所なども当たってみたが、なかなか思うような所もなく、頼れるつてもなく、現状維持で行くしかなかった。

65歳になった時、将来の年金の相談に行ったところ、余りの金額の低さに驚いた。専業主婦でいた時代、3号被保険者が、任意で国民年金に入る時代があった。生活に余裕もなく、子育てにお金がかかる事もあり、自分の年金などは後回し、夫婦でいれば、将来困る事などないと信じていたので、国民年金には入っていなかった。

3号被保険者が、納付義務を負わなくなった頃には、子供も大きくなり、そこそこの稼ぎもあったので、扶養から外れ、厚生年金に入っていた。従って、最終的に年金の計算になった時、任意の国民年金の期間の分が、10年間位空期間となってしまったのだ。期間だけは、認めてくれるので、年金支給の資格はあるが、中身がないと言う訳で、決定した年金は80万円そこそこ。生活保護基準以下である。途方に暮れた私だったが、その頃はまだ救済措置があって、昭和15年以前生まれの人に限り、支給を5年間繰り下げると、年金が1・9倍になると言う選択肢があった。これは乗るしかないと即座に判断。まだまだ、健康には自信があるし、体力も衰えてはいない。今の仕事を、5年間続けていれば、何とか日々の暮らしは続けて行ける。心配なのは、働けなくなってからの生活費の事。別れた夫に「子供にだけは、絶対迷惑はかけるな」と、引導を渡されている。弟の代になった実家にも頼れない。最後まで、自分の力で生きて行かなければならないのだ。辛くても、後5年は、今の職場で働かせて貰おうと心に決めた。

幸い、仕事は、特別ハードでもなく、皆の様に、腰が痛くなる様な事もなかった。時々は、もっといい所がないのかと、浮気心も起こしながら、無事70歳まで勤め上げた。

夢の世界一周

「80日間世界一周」と言う映画を彷彿とさせる、ピースボート70周年記念特価「世界一周99万円」と言うキャッチフレーズを見た時には、思わず喝采した。

丁度70歳になる年。繰り下げ年金を決めて、5年間働いた自分へのご褒美に何とピッタリの企画だったろう。職場にすぐの退職願を出したが、その頃は、かなり有能な人材になっており、なかなか辞めさせて貰えなかった。1か月伸び、2か月伸び、記念クルーズは計3回企画されたが、ようやく2回目に乗る事が出来た。

昔「兼高かおる世界の旅」と言うテレビ番組を見ては、自分達とは別世界の事と考えていたのが、現実に行けるようになったのである。何と言う世のなかの進歩！

しかしながら、未だ旧式の考えから抜けきらない人は「良く行くねぇ」「お金持ちだねぇ」と言う。お金持ちだから行くわけではない。心の欲求で、金銭に代えがたい魅力があるから、なけなしのお金をはたいて行くのである。然し私のこの理論を納得してくれる人はほとんどいない。一人で行く事に対しての不安も心配もなかった。どうせ同じような考えの人ばかりだろうから。

1年前に、予約金を納入しておいたが、ボランティアの制度があり、事務局で事務とか、ポスター張りのアルバイトをすれば、ポイントが付き、経費に繰り入れる事が出来ると言う話に飛びついた。

仕事は、資料を纏めて、封筒に入れ、関心を持って資料請求をした全国の人に発送する仕事だった。シニアは、どんなに稼いでも、クルーズ代金の40％までと決められていたが、若い人は、ポスター張りの仕事をすると、3枚で1000円貰える。そして30歳までは、自己資金なしで、ボランティアのポイントだけで船に乗れるのである。

1年間、定期まで買って、仕事の合間に、新宿まで通った。お陰で、一緒に行く仲間との交流も出来たし、情報も集められた。定期代は自前なので、実質、どの位になったかは疑問であるが。

日数が足りなくて40％には達する事が出来なかったが、下船して、現地を観光するオプショナルツアーの代金を稼ぐことが出来た。

部屋は、普通は4人部屋で、2段式ベッドが二つ。じゃんけんか、交代で決めるようだが、私は6万円のプラス料金を払って、下段指定にしてみた。然しこれは失敗だった。一人が10万円のお金を払って、上の段なしのゆったりしたベッドを確保していたので、その余りの空間に、2段ベッドを配置したような狭い部屋になってしまった。彼女は、やや病身で、あまり出歩かないからそれにしたとの事。2段ベッドには10歳ほど年下のマイペースの女性が乗り込んで来た。仕方がないので、この女性と、何のトラブルも起こさず、最初から最後まで付き合ったが、我慢する事も多かった。

それはともあれ、子供の頃から教科書で学んだ、パナマ運河、スエズ運河、ギリシャのパルテノン神殿をこの目で見られると言う事に、胸がわくわく。部屋などどうでも良かった。

このクルーズは、普通と違って、逆回りコース。最初に南半球のタヒチに行った。横浜を出てから2週間、南下するだけ、ひたすら大海原が続いた。島影一つ見えず、行き交う船にも遭遇せず、鳥さえも飛んで来なかった。この広い地球に、ぽっかりと浮かんでいると言う心許無さに不安を覚えた位だ。

海の上から見る日の出、日の入りは独特で、ほとんどの場合、水平線あたりが雲で覆われる。水蒸気の関係らしい。日没も又目を離せない。いったん雲に隠れた夕日が、沈む寸前に、海面と雲の隙間から、ちらりと見えて、グリーンフラッシュと言って、一瞬緑色になるのである。それが見えたか見えないで大騒ぎになる。

趣味で絵を描いている人が、ボランティアで、毎朝甲板で、絵の具、紙を用意して、朝日の絵を描かせてくれた。毎朝、同じようだが、少しずつ違う朝日の絵が溜まって行った。素人の下手な絵ながら、記念のスケッチブックは、今も、その日々を懐かしく思い出す縁《よすが》になっている。

赤道を超える時には、昔、手塚治虫の漫画などで見た「赤道まつり」を体験した。連日時差で、日にちが縮んで、朝の期間がずれて行くので、勘違いして、寝過ごす人が続出する。複数人の部屋では、そんなこともなかったが。歌や、小説に出て来る南十字星も感激だった。夜の大空に、北斗七星がばかでかく見えた。

船の中では、退屈しのぎに、色んな企画が目白押し。毎日、その日のスケジュールを載せた新聞が配られるのだが、あれこれやりたい事ばかりで、毎日、紙面は真っ赤に染まっていた。

ラジオ体操、太極拳、エアロビクス、ダンスに無料の語学講座。私は勿論ハーモニカを持参していたので、おやじバンドの仲間に入り、一緒に練習したり、イベントに出演したり思う存分楽しんだ。

最初の寄港地、タヒチに着いた時には、いつの間にか、男女6人の仲良しグループが出来ていて、それ以来、自由時間は、いつもこの6人グループで過ごした。お互いあまり気を遣わず、まるで家族の様な絆がうまれた。

今まで時間に縛られて、働いていた日々から解放されて、こんなにも自由でしたい放題の生活があるなんて夢の様で、遊ぶことだけに夢中な毎日だった。

ピースボートは、NGOなので、世界にアピールする為、毎回、あるスローガンをもって航海している。今回は、「原爆証言の旅」。私は、福竜丸事件の頃は、その地元にいたので、少なからず、関心もあり、僅かながら、活動に参加した経験もあるので、船の上でのプロジェクトに参加する事も出来たが、この旅は、難しい事は考えずに、自分を解放して、遊ぶだけの旅にするつもりだったので、関わりは持たない事にした。それでもたまには、被爆者の話とか、タヒチの原住民のマリアナ海域の原水爆実験の後遺症とかの話は聞いた。

タヒチで初めて船を降り、岸壁に泊まった船を見上げた時は、赤い煙突が何とも頼もしく、映像や写真、絵画でしか見た事のない、南半球のこんな島に良く来られたものと感無量だった。ゴーギャンの作品を彷彿させる島の佇まいの中で、本物を鑑賞する幸せは、誰もが体験出来るものではない。

2番目の寄港地はペルーのカヤオ、タヒチから、今度はひたすら北上して行く。ここでかの有名なマチュピチュ観光に行く事になっている。私は、特別にマチュピチュに関心があったわけではなかったが、みんなは「すごいねぇ、マチュピチュに行ったんだって？」と目を丸くして言う。

確かに、普通では行ける所ではないから、私も選んだのであったのだが、折角ペルーに寄港したのに、リマの町とかは見られなかったのが残念だった。カヤオから、飛行機に乗って、アンデス山脈を超えて行くのだが、途中、雲の合間から、雪をかぶったアンデスの山々が頭を出していて壮観だった。反対側を見ると、チラリと地上絵の一部が見られたような気がした。地上絵を見るコースもあったから、ほんのちょっとでも見られたのはラッキーと言える。

アンデスの高地クスコで泊まったが、空気が薄いので、走るな、あまり動くなとか、大きい声を出すなとか注意された。実際気分が悪くなり、ろくに観光も出来ず、苦しい思いをした人もいる。

一泊した翌日、山を下って、列車に乗り、マチュピチュに行く。車窓には、急流、急峻に沿って、時折昔のインカ道だとかが残っている。

列車からバスに乗り換え、少し上るとマチュピチュの小さいくぐり戸がある。６人組の一人の彼は、目を開いた時、一瞬で見たいから、手を繋いで行ってくれと言う。彼は、霊感の強い人だから、こういう所では、びりびりと感じると言う。私は、霊感などないから、そんな人の事を不思議に思う。

だから、マチュピチュの第一印象は、なるほど、絵に見た通りだなあと思っただけ。憧憬を持つ人には、勿体ないと言われるかも知れない。ガイドさんの説明を聞きながら一回りしたが、特別勉強していたわけでもないので、通り一遍の観光になってしまった。

それから、期待いっぱいのパナマ運河通過である。これは感動ものだった。運河の入り口には、前の晩から泊まって、運航の順番待ちをするのである。夜が明けて来ると、周りには、通過を待つ沢山の船が見られた。

太平洋側から、第1閘門、第2閘門、第3閘門まで登って、大きな湖に出て、次は、3つの閘門を経て、大西洋の一部、カリブ海に出るのである。

この日は、朝から、前方の甲板が解放され、丸一日、24時間かかって通過するのである。船が大きいので、ほぼ運河の幅いっぱい。船をけん引する機関車や、作業する人々の姿がまじかに見られる。前の船が閘門のプールに入り、水かさが増すに従って浮き上がって行き、次の閘門の高さになると、前に進んで上の閘門に入る。すると、そこの水位が下がり、私達の船が入ると言う訳である。この様にして3段上がるとガトゥウン湖と言う大きな湖に出る。熱帯雨林に囲まれた自然の湖をしばらく走って、反対側の閘門を3段下るのだが、3段目の頃には、日が暮れてしまう。この様にして、社会科の教科書で勉強したパナマ運河の初体験の一日が終わった。

それから南米のコロンビア、大西洋を渡ってアフリカ大陸の南のカナリヤ諸島、モロッコに寄港。

モロッコも、カサブランカ、カスバ等、映画や小説では耳にするが、実際に足を踏み入れる事はなかなかない土地である。カサブランカはきれいな港だったが、有名なバザールのあるマラケシュに行くのに、砂漠や畑の中をバスで長時間の移動は疲れた。

地中海に入るとすぐにスペイン、イタリア。この辺は、行った事があるけれど、今回は海からの訪問なので、違った趣があった。

次がいよいよ憧れのパルテノン神殿を擁するギリシャである。社会、歴史の教科書で学び、写真でしか見た事がなかった実物が、目の前に現れるのだ。アクロポリスの山の麓から、白い石灰岩の坂を上って行くのだが、それがだんだんと石段になって行くと、先ず左手に6人の女神の像がある神殿が現れ、間もなく巨大なパルテノン神殿の屋根の部分が見えて来る。年月の経過で茶褐色を帯びていたが、白い大理石であることは解る。青空にそびえたつ崩れかかった神殿の荘厳さと哀愁は、いつまで見ていても見飽きない光景だった。下を見下ろすと、丘を取り巻くようにアテネの街が見下ろせる。このパルテノン神殿に立ったことの満足感は大きかった。

次の目標は、スエズ運河。先ず入り口のエジプトに寄港する。この頃は、「アラブの春」の嵐が吹き荒れていて、観光は、軍の厳重な警戒つきだった。私は、エジプトのピラミッド等は、既に観光していたので、古代エジプトの港湾都市、アレキサンドリアに行った。海沿いの道をバスで走り、今も美しい港湾都市であった。

ようやく待望のスエズ運河通過の日が来た。パナマ運河通過の時と同じように、前方甲板が解放され、皆思い思いに場所を取って、両岸に広がる景色を鑑賞した。右岸のエジプト側には、町が開けていたが、左岸のシナイ半島側は赤茶けた砂地が広がっているばかりだった。

本来なら、シリアのパルミラ遺跡に行く筈だったのに、「アラブの春」で中止になり、その代わりにスエズ運河の途中のサウジアラビアに寄港した。

サウジアラビアは、観光客を受け入れるのは初めてと言う事で、上陸に随分時間を取られた。「アラビアのロレンス」の舞台になった所と言う事で、砂漠の中のベドウィンのテント生活の様子を経験した。又、その反対に、町の豪壮な屋敷で、テレビに出て来るような大きなソファーが並んでいる大広間で、御馳走や踊りに歓待された。まるでアラブの貴族になったような気分になった。御馳走の中のご飯の山の間から、子ヤギの頭が出て来た事に驚かされた。この時は、もちろん女子は、頭にスカーフを被らされていた。

スエズ運河の出口のジブチから、インド洋のある一点まで、ソマリアの海賊対策の為、いくつかの船が編隊を組んで、各国の海軍等に守られて航行する。勿論、日本の自衛隊も参加しているので、私たちは、手を振って、お礼の気持ちを伝えた。自衛官も、船腹に、何かメッセージを書いて、ひと時の交流をした。

インド洋を超えてインド南端のコーチンに寄港した後、マラッカ海峡を抜けて、シンガポール、フィリピンへと向かう。ここでの失敗は、仲良くなり過ぎた6人組につられて、最初に選んでいたツアーをキャンセルしてしまった事。グループの男性は、この辺は、何度も来た事がある人が多く、観光してもつまらないから、美味しい物を食べに行こうと言う言葉に、流されやすい私の性格から、つい乗ってしまったのが間違いの元。

私にとってはどちらも初めての訪問地、全てを経験したかったのに、棒にふってしまった。特にフィリピンのマニラでは、旧市街の観光を楽しみにしていたのに、それを外してしまい、返す返すも残念だった。シンガポールやフィリピンは近いから、いつでも行けると思っていたのだったが、その後、もう一度、クルーズに乗った時も、治安の悪いマニラには2度と上陸する事はなかった。

色々あったが、私は、ますます元気に、若々しくなって帰って来た。

一生の間で、この3か月ほど、楽しんだ時期はない。そして帰国してからも、クルーズの延長で良いと言う事がわかった。これからの人生は、誰から縛られることもなく、24時間、自分の時間。好きな事だけをすればいいのである。介護の仕事などもう2度としたくないと思った。潤沢な年金がある訳ではないが、これまでの人生、頑張って計画的に生活して来たお陰で、最低の生活は出来る。

ところで、帰宅すると、詮索好きの何人かは、必ず問いかけて来る。「彼氏出来た?」もしくは「出来たでしょ」こういう問いをする人は、多分自分が望んでいるからだろうと思って、腹では笑ってやる。

正直、6人グループの男性4人の内3人は、適齢の男性だった。いずれも妻を亡くした独り身である。残りの一人は、妻帯者でダンディーで穏やかな紳士。やんちゃな弟を優しく見守っていた。私は、その中心にいて、大事にされ、誰からも羨ましがられていた。Aさんは、長い間妻を介護して失くし、この旅で、新しい伴侶を見つけるのが目的だった。一人部屋で、いつも6人グループの集合場所を提供し、お金持ちで、ちょっと気の弱い所がある優しい人。この人のターゲットは私だった。毎晩ディナーのワインやビールをご馳走してくれたり、お土産を買ってくれたりしてくれたが、人間的にちょっと物足りない部分がある。Bさんは、妻を亡くして1年経つか経たない位と聞いた。古武士然とした江戸っ子。ハンサムで筋骨逞しい。悪くはないが、勤め人上がりにはないちょっと怖い部分があった。私の最も好むタイプは兄弟の弟のCさん。大手建設会社を退職し、今後の人生の100の目標を掲げ、一つずつ叶えて行くと言うロマンチスト。紙に書いた目標のいくつかは既に横線で消されている。勉強熱心で、人懐っこく、前向き、建設会社では営業の仕事をしていたらしく、世慣れていて、リーダーシップに長け、いつもグループの中心にいた。彼らは、私が70歳を過ぎているとは夢にも思わなくて、まだ60代と思っていたらしい。私は私で、ひげを生やしたCさんは、てっきり年上だと思っていた。ある時、引き揚げ体験の話が出た事から、びっくりされ、私が一番年長だと分かった。特別隠していた訳でもなく、彼らがそう思っていたと言うだけなのに、他の人はともかく、良い所まで行っていたと思われたCさんに興ざめされ、それ以来、相変わらずグループの中心にはいたが、どちらかと言うと姐御的扱いになり、「又か〜」とさびしい気持ちになった。長女気質が染みついた私は、どんなグループにいても、リーダーシップを取ってしまう。本来の姿は、甘えん坊で可愛い女の夢見る夢子さん。本当の私を分かってくれる誰かに甘えたい、支えになって欲しいのに……

心の中では、野球のイチローだって、落合だって、野村だって、年上の奥さんと結婚して、幸せに暮らしている人はいっぱいいるではないかとつぶやきながら。

こうして、Aさんの求愛にも応える事もせず、人生後半の運命を変える唯一のチャンスだったかも知れない時期は過ぎて行った。それ以来、6人の仲間とはしばらくは一緒に旅行したり、会食をしたりしていたが、熱に浮かされたような船の生活とは違って、仲間との付き合いも段々つまらなくなり、次第に疎遠になってしまった。パートナーを探していたAさんは、誰かの紹介で、すぐに、同じ船に乗っていたもう一人の女性と結婚して、目的を達成した。Cさんは、相変わらず、100の目標を達成すべく、冒険の日々を送っている。私の数少ないロマンスの思い出である。

終の棲家へ

私がピースボートの事を知ったのは、公団住宅に入居してすぐの時。商店街の片隅で見つけた1枚のポスターだった。「143万円で世界一周」と書いてあった。この位で行けるのなら、仕事が終わって、体が自由になったら、是非行きたいものだと心に決めていた。ところが、2010年、記念クルーズで、「99万円で、104日間、世界一周」と言うプランが発表された。今がチャンスだ！　そんなことから私の世界一周の夢が実現したのだった。

その頃、より良い住環境を求めて、都営住宅や、公団住宅などに申し込んでいたが、なかなか入居出来ず、68歳の時に、ようやく都市公団の高齢者優遇家賃制度の抽選に当選し、人並みの集合住宅に暮らせるようになった。公団住宅と言うのは、高度成長期を支えた中心的世代のサラリーマン達の為に建てられた近代住宅で、当時は、ある一定の収入以上がなければ入れないと言う高嶺の花の存在だった。50年以上も経った今では、住民も高齢化し、5階建てだが、エレベーターもない古びた建物が残っているだけ。出入りする車は、かっての幼稚園の送迎バスに代わって、デイホームの送迎バスである。とは言っても、棟から棟の間隔も広く、緑豊かで、所々に公園もあり、駅やバス停にも近く、買物にも便利。1階ながら、南からの日差しは十分、冬の昼間は、暖房具もいらない。

何故私ごとき、低年金者がURの公団住宅に入れたかと言うと、当時、東京都が低所得の高齢者に向けての住宅施策として、家賃の一部を負担していてくれていたからである。最初は契約から20年までと言う期限付きだったが、その後、基準が改められて、退去又は、死ぬまでに延長された。という事は、私にとって、終の棲家ともなる。この家賃だったら、贅沢をせず、普通の暮らしをしていれば、大病でもしない限り、死ぬまで自分の年金でもやって行けそうだ。紆余曲折はあったものの、人生最後になって、安住の住まいに恵まれた幸せには感謝しなければならない。

さて、入居した喜びはあるものの、高齢になってからの、全く知らない人だらけの新しいコミュニティーに入って行く事の難しさを感じた。子育て時代からの人間関係が出来ているグループ。市や公民館、福祉関係で活動しているグループ。趣味や、イデオロギーで結ばれているグループ。そういう出来上がっているグループに途中から入って行くのはなかなか難しい。特に女性に関しては、専業主婦が多く、気位が高く、見栄っ張りの人が多く、近付き難く感じた。

求められていたのは、自治会関係の役員だった。なり手のない下っ端の役員をやりながら、少しずつ、周りの人達の顔を覚え馴染んでいった。もともと物怖じしない、明るい性格なので、溶け込んでいくのは早かった。その後、福祉会館の行事に参加したり、ボランティアをやったりと段々活動範囲が広がって、大分名前も知られるようになった。はっきりものを言い、白黒をつけたがる私の性格は、快く思わない人もいたと思うが、そこは、都会の大集団の中、嫌な人とは付き合わなくても、十分に生活出来る。私を受け入れてくれる気の合った仲間との交流で、自由にのびのびと生活出来た。「共生のすまい」に行かなくて、本当に良かったと思えた。

趣味のハーモニカの仲間との交流、中国語教室、カラオケ教室、老人クラブと、遊ぶ仲間には困らなくなった。入居して間もなくの世界一周の旅も団地のみんなの度肝を抜いた。人並みでない私の性格に、尊敬と憧憬と羨望と、悪意も混ざった眼差しを感じたが、私は私の道を行く根性で動じる事はなかった。

70歳を超えてからは、自分の経験から、友だちを求めているであろう高齢者の集まる場所作りをしたが、案の定、子供の近くに住む為に引っ越して来た人、定年になるまで、勤めていたので、団地の人達と馴染みがないと言う人達が多く集まって、これまでのグループとは違う、お互いに助け合って生きて行こうと言う前向きな人々の集まりが出来た。この活動は、団地自治会、市の包括支援センターの後押しも受けて、高齢の一人暮らしの人達の安らぎの場所となった。

自分を含めて、高齢者の生活を少しでも、良くしようと、保健センターの健康推進委員、福祉会館の福祉委員等、ボランティアの活動に明け暮れた。

勉強好きで、好奇心旺盛な私は、介護保険運営委員とか、東京都の高齢者施策や介護事業所の諮問機関のモニターみたいなことにも応募して、わずかながらの謝礼金を受け取っていた。シルバー人材センターにも登録していたので、時たま、いくばくかの収入があった。

ところが、こういうちょっとした収入があるお陰で、ある一定のラインを超えるのか、住民税とか、健康保険料が上がる事に気が付いた。税金を納める為に、働いているようで、馬鹿らしくなり、それ以来、収入の伴う仕事はしない事にした。

実際、私達の様な、離婚したり、中小企業で働いて来た単身女性の年金は、ボーダーラインすれすれか、ちょっと上くらいなのに、住民税の均等割りだけは課されると言う事は、非課税から外れるので、国の福祉施策の特典には預かれない。そもそも国の施策がおかしいのだが、誰もおかしいと思わないのかと腹立たしい。

介護保険運営委員をやっていた時も、段階について、毎回意見を述べたのだが、その頃は10か12段階位と思ったが、介護保険の保険料の基準が非課税ラインなのである。となると自動的に、私達レベルは、僅かながら、均等税を取られている訳なので非課税ではなく、1段階上のクラスになる。つまり、基準より高い金額になるのである。

私が言いたいのは、税金を納めていないと言う事は、一人前の市民ではないのだから、そこを基準にするのはおかしいのではないか。税金を納めてこそ一人前なのだから、そのラインを基準とすべきであると言う事である。

そもそも非課税の基準がおかしい。遺族になれば、誰でも非課税と言うのに納得出来ない。本当に困っている人には、もちろん救済の手を差し伸べる必要があるだろう。然し、遺族にも格差がある。夫が公務員や大企業に勤めていた人は、単身女性の乏しい年金より多い遺族年金を貰っている人もいる。持ち家の場合は、家賃もいらない。十分な年金を貰って、裕福な生活をしている夫婦の妻の方は、国民年金で、80万円位しかないから非課税と言うのである。そんな人が、福祉の給付金を貰い、介護保険料その他色んな場面で優遇されているのである。乏しい年金で、苦しい生活を強いられている単身高齢女性に比べて、自分の年金はお小遣いとして使える恵まれた立場の女性に与えられる特典と福祉給付金。

非課税と言う特権をひとまとめに与えて欲しくない。これは、自立して、必死に生活している単身女性の叫びではないだろうか。住民税は、たとえわずかな金額でも、社会人として、誰もが納めるべきものではないだろうか。そうすれば、非課税と言う特権はなくなるし、税収も増える事だろう。その上で、本当に困っている人に対して福祉の手を差し伸べるべきである。

革新系の年金者の組合に入っている。そこでも、年金を下げるなと言う運動をしている。これにも、いつも、私は異論を唱えている。年金者にも格差があるのである。経済的に、特別困る事もなく生活している元公務員、大企業を定年退職をした人達の年金と、日々の生活にも事欠く中小企業で働いて来た人達の年金の差は大きい。それを十羽一からげにして「年金を上げろ」と言うのはおかしいと思うのだ。

本当に困っている人の年金は上げるべきだが、大して困っていない人の年金まで、どうして上げなければいけないのか。

これには、調査するのが困難だと言う事が一番のネックなのだろうが、それをおかしいと思わない人が多いと言う事も問題のひとつだと思う。

それでも、私の場合は、80歳を超えた現在、お陰様で、人に迷惑をかける事もなく、誰にも経済的に援助を受ける事もなく、健康で、自分の好きな事だけをして生きている。

色々、社会に対する鬱憤もあるが、握りこぶしを振り上げて、声を大にして、叫ぶ年でもないし、したとしてもやせ犬の遠吠えにしか過ぎない事を、自覚するだけ。無駄な抵抗をして、ストレスを溜めるよりは、平穏無事に、ニコニコとして暮らして行きたいと思うようになってきた。大方の、恵まれた、心豊かに生きて来た人達の様に。

保険料が高くなろうが、税金が高くなろうが、最低生活が、自分の年金で暮らせる以上は、耐えて行くしかないと思っている。勿論暮らせると言う事が、どこまでの段階かは、人によって違うだろうが、戦後引き揚げ後の最低生活を経験している私にとっては、耐えられない事はないだろう。

それでも、70代は、一番楽しんだ時代であった。大金を持っている訳ではないが、少しずつ蓄えた預金類、今が使い時だと自覚して、海外旅行や国内旅行、2回目のピースボートにも乗った。

他人から見れば、随分豊かな生活をしているように見えるだろうが、お金の使い道が違うだけである。

元気で、出歩ける間は、経済の許す限り、行きたい所に行きたいと思う。やがて、行く気もなくなる時が来るだろう。そうなった時は、食べて寝て、その辺を散歩して、お金のかからない公共施設で時間を潰していれば、何とか最後まで、年金で食いつないで行けるだろうと思っている。

70代前半は、60代気分が抜けきれず、やっと70代を自覚したと思ったら、あっという間に80代。とは言っても、まだまだ70代気分が抜けきれず、書類に書き込む時も、自分の年齢と納得するのに戸惑いを感じる。80代後半、90を超えて、元気で、身ぎれいに暮らしている人も何人かいるので、お手本にしている。気持ちが若いので、10歳も下の友人達とも、同じ気分で付き合っている。

　自分の最後を考える時、娘達とも距離を置いて生活している手前「遠くの親戚より近くの他人」と言う言葉に頼らざるを得ない。入居して、間もなく20年になろうとする現在、趣味の仲間もいるし、気の合った友人もいる。「この団地で、最後まで、自立して生きて行こう」と言い合える仲間もいる。そんな人間関係を大切に、毎日を心豊かに、好奇心を失わず、夢を持って生きて行きたいと思っている。

　ピースボートの世界一周も、中心を一回りするコースと、北半球回り、南半球回りと3回乗って達成である。私には、まだ南半球回りが残されている。世界中旅行しているが、オーストラリアにはまだ足を踏み入れた事がない。あまり魅力を感じなかったせいもあるが、南半球を回れば必然的に立ち寄るだろうし、その過程で航行する太平洋戦争の戦跡の島々の姿も見てみたい。

　丁度2年前に、予約していたのがピッタリのコースだったが、コロナで中止になってしまった。その後のクルーズは、希望が合わず、やっと見つけたやや希望のコースは、24年暮れの出発である。誰もがびっくりするだろうが、私はこのクルーズに行くつもりである。

　希望を叶える為に日々の生活は、無駄遣いはしない。料理は手作り、外食は、付き合いのみ。肉も野菜も出来るだけ特売品で賄う。趣味のハーモニカに一番お金がかかっているが、これを抜くと気力もなくなる気がするので節約するわけにはいかない。

断捨離と言うが、執着心の強い私は、古いアルバムもなかなか捨てられない。体が動けなくなった時に、昔を思い出して眺められるのはそんな物ではなかろうか。

自分の寝る所がないようでは困るが、そうでなければ、残しておきたいものはみんな残して、片付け屋に支払うお金さえ残しておけばそれでいいではないか。

飾り棚に、3年ばかり前に買った、片目の入った小さな達磨を置いてある。私が往生した時に、片目を入れて貰い、棺に入れてくれと遺言に書いておく。

遺言と言えば、もう5〜6年前に、娘にノートを貰ったが、未だに書く気がしなくて白いページのまま。実は、海洋散骨を望んでいて、心配してくれている弟に口頭では言ってあるのだが、未だに具体的に調べる事もせず、今年の正月にも弟に、自分も困るから、ちゃんと調べるよう催促された。今年中には、何としても、具体的な書面を作らなければと思っている。

死は覚悟しているものの、未だにぐずぐず遺言を書けないのは何故だろう。散骨も、なかなか私が望む場所では出来ないので悩んでいる事もある。最後まで、こだわりのある私は、簡単に樹木葬という訳にはいかないのである。

こうして一日一日と、日々が過ぎて行き、又年を重ねて行く。いつまで続く高齢期の生活。特別に生きていたい訳でもないが、生きている以上は、人に迷惑をかけることなく、健康で、日々を楽しく暮らしたい。焦る気持ちではないが、元気で、出かけられる内が花と思い、積極的に旅行にも行き、色んなカルチャーにも興味を持ち続けている。まだまだ夢がいっぱいの私である。

あとがき

丁度10年前、「頑張った私」をテーマに応募したのがきっかけで、文芸社とのご縁が出来た。その時も、選に洩れた私に、自費出版の声をかけて頂いたが、一般人が、本を出すなんて、夢の様な話と深く考えもしなかった。

今回又、お勧めを頂いて、他人の人生など、面白くも何とも思わないだろうとは思うが、私の経験が、後に続く女性達に勇気と励ましになる事があるとの言葉が、乗りやすい私の心をくすぐり、思い切って、挑戦してみる気になった次第。

最近では、熟年離婚が珍しくはなくなったが、私の年代では、実に勇気のいることだった。夫に不満を感じつつも、ほとんどの女性は、家庭内離婚の状態で、最後まで我慢して一生を終えると言う事が普通だった。一番大きな理由は経済的自立が出来ないと言う事だ。

あの頃に比べれば、女性の働く場所は増えたようにも思うが、一般の人が離婚するとなると、やはり厳しい生活は覚悟しなければならないだろう。

また殺そうという気などなくとも百人千人殺すことだってあるだろう」歎異抄にはさらに「さるべき業縁のもよおせば、いかなるふるまいもすべし」〔そのような業縁に逢えばどんなことでもやりかねないのが人間です〕とも。永山は業縁のもよおしにより四人の男性を殺めたのである。

さて先の詩のなかに「人世」という言葉がある。そのまま人の世ということ。業縁にまみれた人の世。悪縁を絶ちきり良縁に出会いたい人の世。しかし大宇宙を探り大自然に挑み意のままにならぬ人の世。たまさかぽこっと業縁が現れる。世に不可思議と言われる現象であり人の世の奇蹟である。以前テレビで鴎外の孫のお医者さんが在宅看護をしていて余命いくばくもないやせ細ったじいさんを往診していると、力なく戸外に向かって手を伸ばし、ああそこになっている柿はおいしいんだからと言っている、そこに普段同居していないおじいさんの盲目の娘が呼ばれてやって来て「お父《と》さんおとさん」と言っている。もう次の場面はそのおじいさんは亡くなっていた。在宅で看取るというのがテーマだったと思うのでそのシーンは三十分もなかっただろう。でもどうも焼き付いてああ人世だなあと今に思うのである。善いも悪いもない人世の妙。『無知の涙』の散文にはうんざりさせられるが永山は後年獄中で『木橋』という自伝的小説を書く。これがまあよくもそこまで憶えているなあと感心する。『無知の涙』

はまだ『資本論』なり難しい本ではあるがそれを参考にかける。しかし自伝ではだれも助けてくれない。記憶と想像力が頼りだ。紙くずを圧縮して立方体にする工場でのアルバイト（私もかつてアルバイトで携わったことがある）でずらつまり日当を事務所にもらいに行く場面。『事務所とは、玄関を入って三畳ほどの広さの場所に、大きな机がまずあって、そして書類か衣服用のロッカーがその机の真横側に置かれていた。その事務所の窓は、さきほどまで働いていた方向にあり、その窓から夕陽が射し込んでいた。

N少年はその奥さん—多分そうだろう—の言うままに、机の側に三つある肘掛けのちょっと豪華にうつる椅子に腰をおろし、ふかりという音とともに座った。「疲れたでしょう」と、口元に笑みをたくわえて彼女は言った。

「ええ、ひんどかった」

と思わず、N少年は本心を言ってしまった。

奥さんはその言葉を黙殺するかのように、

「お茶を入れましょうね」

といって、女の物腰というのであろうか、そういう風な動作で腰をあげた。

その言葉を聞いて、N少年は少し驚いた。日雇いに入って間もないが、こんな人間味のある言葉をかけられたのは、これがはじめてだったからである。

N少年は少しドモリながら言うのだった。

「い、い、いやいいです。すぐ帰るから」

（本当はそうしてもらいたかったのだが）

「あらそう……」

と、あげ腰の姿勢でいい、木製のサンダルをはいて土間におり、N少年の腰をおろしている椅子の右脇の方に、ロッカーの側に置いていたどこにでも見かける木製の丸い椅子に、彼女は座り直すのであった。その人をよく見ると、化粧のしていない一重のすんだ瞳が、窓からはいり射す光のなかで綺麗に輝いて見えた。鼻が少し高くて、美人だなと感じさせる人でもあった。年齢は三十裁前後だろうと思えた』

『木橋』と題された短編小説集の中の「土堤」と題された短編から引用した。クラス委員にも選ばれた定時制高校を中退し横浜でアルバイトしていた頃の体験を元にしている（その数ヶ月後最初の事件を起こしている）。永山十九歳のとき。そしてこの小説が書かれたのは三十四歳の時、十五年経過している。

永山は一九八〇年三十一歳の時、文通をしていたアメリカ在住の新垣和美さんと獄中結婚をしている。『無知の涙』にある短歌には見るべきものはないが、東京拘置所の面会室において、新垣さんと結婚した日、十二月十二日に詠んだ歌は印象的である。

〈貧素なるミミの花嫁姿みて／命の涙／落とせぬわれよ〉

☆ミミは新垣さんのこと、面会室での結婚式、手ぐらい握っただろうか。無知の涙は流したが命の涙は流さなかったのか。懸命に愛したミミさん。しかし後年離婚した。

雑誌等で見た永山の二葉の写真。逮捕時刑事に両脇をかかえられ車内で俯いている美少年、そして一九七七年八王子医療刑務所で撮影されたといわれる、無精ひげをたくわえ微笑している青年。このギャップは永山則夫氏のすべてをあらわしているように思われる。「歎異抄」に「善人なおもて往生をとぐ、いわんや悪人をや」とある〔善人が往生するぐらいだから悪人が往生しないはずがない。往生とは絶対他力によって浄土に生まれることである〕。善悪の彼岸、浄土に生まれることに条件はない。

先の詩の最終行。

「おお　微生物が雄叫びする世界」

まるでコロナ禍の半世紀後の現在を予見しているようだ。

私は、近代合理主義の恩恵を受けながら不信感をぬぐえぬまま、学生運動ではなく人世の中で批評精神を生きるべく大学を中退したが、今も亡霊のように漂っている、初めて『無知の涙』読んだ時のまま。そこで一首。

五十年ふらつきながら漂いぬ
　溺れはせずにただ酔うばかり

了

とんぷくとんぷくナンマンダー

令和三年師走またもや入院した。結婚してから、つまり入寺してから何回目だろう。最初の入院は平成十二年十月十一日突発性難聴を左耳に発症。十二、十、十一と数字の列がいいのと、その日以来禁煙しているのとで日付けまで覚えている。真面目に二十歳から喫い始め四十八歳までいろんな銘柄を喫った。父が喫っていた「いこい」の銀紙のにおいが好きで覚えていて、両切りはそのほかいろいろ喫った。ゴールデンバットは確か太宰治が喫っていたと思うが明るいモスグリーン（といっていいのかな）の地に金色の蝙蝠の図柄もよくて、一時期ワンカートン（二十箱入り）で買っていた。ただ葉っぱの詰め方がぐさぐさで口に葉っぱが入るのが難点だった。その点缶入りピースはしっかり詰まっていて、香りがよくてうまかったがやっぱり高くてそうは買えない。

四つ違いの兄の真似をして喫っていたようなところもあったなあ。チェリー（兄が愛煙していた）、セブンスター、ハイライト、HOPE等王道を喫ったもんだ。チェリー以外のフィルターたばこ、多分今も匂いを嗅ぎ分けることができるだろう。ただ喫ったとたんひっくり返るのではあるまいか。今二人の息子は二十代半ばどちらもスモーカー。出来たらやめてほしいが喫いもあまいも嗅ぎ分けたいたらぬ父が言えるものではない。ただ二人とも朝鮮の人が儒教の教えにのっとって目上の前では喫わないのを知ってか知らずか順守しているように見える。

禁煙は医師に言われたわけではないがこの際やめようと思ってのことだった。実際そのころ一日数本、換気扇を回し蛍族だったんだから。突発性難聴は七割が自然に治り残り三割が症状が残る。一週間ほどしても治らないので耳鼻科医院から紹介で総合病院に行き入院しとりあえずの治療を試みることにした。これが一回目の入院。高圧酸素のタンクに一日に二回一時間だったか寝かされるのである。結局一ヶ月もいただろうか、改善しないまま退院。全く聞こえないのではないが左のほうから話しかけられても聞き取れない。右耳は正常なので顔をそちらに振り向け、鶴田浩二よろしく（ふるいなあ）右耳に手をかざしてきく。いちいち説明するのももどかしく時には聞こえたふりで頓珍漢な答えをしていることもあるだろう。

次なる入院は胆石摘出手術だった。日付けは記憶にないが十年程前だったろう。あの激烈な痛みはもうぼんやりだが覚えている。痛みは原則記憶から消されるようにできているらしい。私は五番目の末っ子だが母が出産の痛みを忘れてまた産んでしまったというようなことを言っていたように思う。私たちは痛みよりも疎外を引きずるのではあるまいか。赤ん坊が泣いて生まれてくるのは母体から引き離される、つまり疎外を全身で受け止めているからに違いない（その点ゴリラの赤ちゃんは泣かない。母子密着で三～四年もお乳を飲み続ける）。

さて痛みをこらえて自分で車を運転して病院に行きすぐに入院。そして手術。取り出した石あとで見せてもらったらたいして大きなものではなかったが何かサンゴのようで胆管に引っ掛かりやすかったのだろう。胆石も色々で丸くて大きなものを抱えている人もいるそうだ。わるささえしなければすぐに取り出す必要はない。

私の場合は胆のうにも悪影響があったとかで胆のうも一緒に取ってしまった（胆のうはないんですけど堪能してますとかさむいシャレに使っている）。

そして今回の入院である。いやその前に今回の入院に連なる入院がある。

もともと頻尿の気があったのが二〇一九年六月六日、尿閉を起こす。朝から尿意はあるが尿が出ない。泌尿器科に行くか、かかりつけの病院に行くか迷って結局かかりつけに行ったのが運の尽き。ほとんど診察らしい診察もせずただ薬渡すだけ。どこか泌尿器科を紹介してくれといったのに紹介せず。このY医院は先の胆のう摘出手術をした後薬をもらうのに近くがいいというのでかかりつけにしていた。まあ人当たりはよくて手術時に判明した高血圧高コレステロールなどの薬を十年ほど処方してもらってもいたわけで。返す返す今思えば自分で探して泌尿器科に行ってさえおけばこんなことにはならなかっただろう。しかし一種の医療ミス医療ネグレクトである。薬もらって帰ったとたん、家の玄関口でひっくり返った。青空が見えたのを覚えているから。救急車は呼ばずに妻に車に乗せてもらって、脳卒中を起こしたと私が勝手に判断しＯ脳神経科病院に行く。アポ取らずに行ったが救急扱いで車いすで運ばれすぐにＭＲＩを撮るというので寝かされたとき看護師さんが異常に膨れた腹部を見て驚きの声を上げた。ＭＲＩの結果は脳卒中は起こしておらずただ脳の血管が九十歳並みだと医師はのたもうた（血管の薬何ヶ月分か飲まされた）。問題は尿閉で看護師さんがその行きつけの病院に電話してもう一回行きなさいということで翌日行くことになる。せっかく電話してくれたんだからということで行ったのだがやっぱりネグレクトでまた余計尿をため込んだだけ。もう限界だったが結局翌日は日曜でＴ市立病院へ妻の運転で救急外来に飛び込んだ。宿直の医師は若かったがすぐに導尿してくれてなんと２５００cc出た。もう少しで破裂するところでしたよと言う。

尿閉は前立せん肥大が原因だった。そうして尿が尿管を逆流して腎盂腎炎を発症し高熱を発しひっくり返ったのである。とりあえず入院して薬物治療することになった。尿道口からカテーテルを入れ尿が体外のビニールの袋にたまるようにする。結局十日程入院した。薬物での治癒は見込めないこと、手術しかないこと主治医が言ったかどうかの記憶がない。主治医とはなんだか相性が良くなかったのもあって向こうもそれを感じていたのではなかったか。手術は先延ばし。ただバルーンと呼ばれる管を入れて、管の先のバルーン（風船）を膨らませ管が抜けないようにし、外に出ているもう一つの先っぽにペタンと磁石付きのふたがついていて、尿意に応じてふたを開けて流す。尿意がなくても開ければ出る。バルーンについては詳しい構造はわからずじまいだったがどうも管が二重構造だったのではなかったか。月に一回取り換えていたが注射器で水を入れたり抜いたりしていたようだ。

こうしておちんちんの先から管を出したまま退院した。管は折り曲げてパンツに挟む、パッチンふたは上向けて出して。それから手術するまで数ヶ月つけていたが違和感はもちろんあったし尿道口から出血もした（よく効く塗り薬の抗生剤は処方されたが）。ただどうしてもその医師の手で手術受けるのが嫌で（多分行きつけの病院のネグレクト医師への不信感を引きずってもいたのだろう）セカンドオピニオンで二つ三つ当たり、大牟田のI泌尿器科医院で受けることにした。というのはある信頼できる方がそこで膀胱がんの治療を受けておられるということを聞いて、あの方が受けておられるのならと決めたのだった。二〇一九年一二月半ば手術。

アメリカ製の前立せん肥大の最新の手術機を導入していることが病棟の廊下の壁に張り出してある。手術は成功した。四日ほど入院した。肥大した前立腺が尿道を圧迫して尿閉を起こしたわけで、前立せんをレーザー光で削ったら尿道開通これで良しと思った（麻酔から覚めた時紙パンツをはいているが便意―尿意ではない、を催した私に看護師は紙パンツにしてくださいとのたもうた、できるものではない）が甘かった。思うように尿が出ない。出ることは出るが相当量膀胱に残ってしまう。どうやら二リットル半溜めてしまって（通常キャパは５００ccほど）、パンパンに膨らんだ風船がしぼんだ状態でびらんびらんになっているのだろう（伸びきったゴムは元に戻らない）。尿意はあってそれなりに出るのだがどうしても残る。それを自己導尿で出さないと尿路感染さらには腎盂腎炎を起こしてしまう。

自己導尿とは、直径四～五ミリ長さ二十センチほどのビニール製の管、片方は先端がラッパ状で出口、片方の先が流線形で閉じていて先っぽから数ミリのところ抉り取り楕円形の口を開け（耳かきのイメージ）尿道口より膀胱まで自分で挿入して尿を排出する。この方法が開発されたのは何と一九七〇年代、アメリカはミシガン大学のラピデス教授が考案されたとのこと。一体それまで尿閉にはどう対処していたのか。それはさておきおちんちんの先から管を入れるなんぞきいただけで怖気る人が大半だとおもうが（拷問ではない）実際痛い。入院中は看護師さんがやってくれるのだが、これがまた上手下手があって……。その痛さ感電したような焼け火箸をあてられたような、ただ毎回ではない。コツがあるようだ。今回の入院を経てまだ自己導尿は続いているのだがそれについてはまた後ほど。

そして今回の入院、事の起こりは二〇二一（令和三）年十二月十五日、「ほりわり」の飲み会で深酒をして代行で帰り植え込みに立ちしょん結構出たと思ったが導尿すると一リットル超である。翌日は頻尿、三十分おきぐらい、昨晩自己導尿で一リットルも出しておきながら熱もある。尿路感染なるべしと思い抗生剤飲む。そして夕方、熱も下がったので風呂を入れてる途中ぶっ倒れたのである。お湯が入るまでちょっとソファーに座ってと思ったらなんと体のバランスが取れず炬燵机につんのめってひっくり返り、体を起こそうとするが起きられない、妻を呼ぶがどうやら聞こえない。ふろの湯も気になるが机から落ちた血圧計を枕に少し休んでは机の端につかまって起き上がろうとするが力が入らない。どうやらソファーに座ったのは覚えているが、自力ではなく妻がわきを抱えて座らせてくれたらしい。どうもその辺記憶があいまいで、風呂のお湯入れっぱなしで妻が止めたんだろうけど彼女もその記憶はないという。彼女も動転していたのだろう。彼女の日記（覚書）には「十二月十六日夕方、脱力!!部屋で倒れる。すごい散らかりよう。これはいけないT市立病院の救急外来へ!!ちょうど泌尿器科の先生だった。検査のための尿が出ず。検査はできなかった。明日

Ｉクリニックへ」どうやら自力で歩行はしていたようだ。翌日十二月十七日Ｉクリニックへ。状態はあまりよくなかったようで点滴のあとすぐに入院を勧められたが拒否。翌十八日（土）午前再びＩクリニックへ。点滴をしていったんうちに帰ったが、妻の日記によると「無理矢理ごはん（うどん）を食べようとしたとき震えが来た。これではいけないと判断。昨日いただいた紹介状をもってＴ市立病院へ行く。救急外来で見てもらってから入院する」

どういう事情か循環器科の病棟に入院する。主治医も循環器科が専門らしい。勘ぐるにＴ市立病院での前立せん手術をけってＩクリニックで受けたこと、Ｉクリニックで十八日診察したのはＩ先生の久留米大医学部での後輩だったこと、もちろん十七日入院拒否したことも知っていてどうやら私はブラックリストに載っていて泌尿器科の病棟を外されたものと思われる。

まあ現代医療に対する不信感などというものを持ち出すまでもなく、自己導尿に関する疑義から不信感が発している。二年前、前立せん肥大の手術を受けてのち自己導尿をしていたが一日二回しなさいというところを一回にしていた。痛いというのもあるしそのうち自尿（普通に尿を出すこと）を体が忘れてしまうんじゃないかという危惧もあって、自分で判断して原則寝る前に一回だった。それで尿がたまりすぎて月一回か二ヶ月に一回尿路感染をおこし発熱するので処方してもらっていた抗生剤で治めていたのだった。

導尿に関する疑義というのは、次のことから発した。

自己導尿をするのに三つの道具が必要である（私は三点セットと呼んでいるが）。まず管（カテーテル）これは前に説明した。チューブに入ったジェル状の消毒剤。これがないと尿道口からスムーズに管が入らない。そして処置が終わったあと管を抜いて管の外、なかを徹底的に洗い、消毒液を入れた円筒形の容器に収める（円筒形の容器にはもちろんねじ式のふたがついていて管を収めたまま二つ折りに曲げて収納できる袋もある。外で導尿するときの為）。

つまりチューブ、消毒液そして直径一・五センチほどの円筒形容器（中に管を入れて）の三点。この三点セットは調剤薬局では扱わない。受付で受け取って料金を支払う。まあ言うなら医療器具ではある。それで初めのころチューブと消毒液は消耗品だが管とそれを入れる容器はそうしょっちゅう取り換える必要はないのではないかと思ったが、I医師が言うようにまとめてとりかえていた。でも何回目かの時チューブと消毒液はなくなるたんびでいいのではと進言し彼も納得した。また診療費明細書には「在宅自己導尿指導管理料」とあるが指導管理と言ってそんなことはない。もちろんはじめは看護師さんから簡単な指導はあった。自己導尿のしおりも貰った。I医師から直接の指導は受けていないのに初めのころから、あなた（私のこと）は自己導尿のテクニックがおありだからとかなんとか、なんだか私を持ち上げるようなことを言ってテクニックって何かいなあと思っていて、今回退院した後一日三回自己導尿するようになってできるだけ痛くないようにまた消毒液を節約できるテクニックを独自に会得したから全国のいや世界の患者にむしろ私が教えたい（I医師は自己導尿の実践経験は多分ないだろう）。まず容器から管を出すときつるつるーっと水滴がおちるが管についている消毒液をトイレットペーパーでふきとる。そしてチューブの口から消毒ジェルを出し直接管に塗り付ける。以前は管の表面の液体を拭き取らずに指先にとってほぼ全体的に塗っていたから液状化して結構下に落ちていたと思う。ジェル、管全体に塗る必要はない。管の先端から数センチチューブから直接適量塗り付け指で伸ばす。そして尿道口にたっぷり指先にジェルを出して塗り付ける。次が大事。以前は管が十センチほど入ったところで三回に一回ほどの割合で激痛が来たがなんで入れるたんびではないのかと考えた。どうやら管の楕円状の穴が入る角度が問題ではないかと思いついた。要するに尿道口から楕円面を縦にしていれる。上を向いたり下を向いて入れるとどうもその時どこかで引っかかっていたのではないかと思われる。

痛みが全くないのではないがそれ以後激痛は免れている。因みに、管には目盛りがついていてそれが楕円の面からちょうど九十度になっているのでジェルがかぶって楕円面が分かりにくくなっていても大丈夫なのである。

つまり導尿に関しては患者ファーストではないのではないかという思いがぬぐえなかった。十七日の最初の入院拒否もそれがあったからである。兎にも角にもY医院が尿閉にきちんと対処してくれなかったことに全ては行きつくのだが。

さて今回入院してすぐに点滴が始まった。点滴針の装着はいつも上手下手があるように思う。難しいんだろうけれど基本的な医療行為だとは思うがなかなか看護師さんには声掛けしずらくて。点滴は夕方入院したこともあって一晩中続いた。点滴したままではなかなか眠れない。それで発明したのが「とんぷくとんぷくナンマンダー」の呪文。とんぷくは頓服で辞書的には「対症療法として薬を何回にも分けずに一回に飲むこと。また、その薬。一回服用する分を一包にしてある。頓服薬」これだけではよく解らないが、私もそうだったが沈痛解熱剤のことかと思っていたのが、必ずしもそうではなく、薬剤成分も特定のものでなくとりあえず一時しのぎ的なもの、プラセボ効果を期待した偽薬の場合もあるということらしい。薬袋にほとんどの薬名はカタカナで書いてあるのが、平仮名でとんぷくと書いてあるのが面白く、印象に残ったのである。ナンマンダーはなむあみだぶつが訛ったものであるが、かつて農閑期に絵師が農家をめぐって白黒の肖像画を描いたそうな。写真よりもむしろリアリティーのある絵像が今も仏間の欄間に残っている家がある。確かその絵をナンマンダー絵と言っていたと思う。「羊が一匹、羊が二匹……」もいいけれど「とんぷくとんぷくナンマンダー」ができていた。ほぼ日記代わりにコロンボの手帳に短歌採っているんだが二〇二一年十二月十八日に

高熱で眠れぬ夜はとなうべしとんぷくとんぷくナンマンダー

とみえる。

入院二日目、三日目と午前午後一回ずつの点滴が続き四日目からは服薬になった。

そして三日目の朝だったと思うが医師は驚くべきことを言った。

「宮地さん、筋肉が溶けてますよ」と。一瞬何のことかわからずベッドで横になったままぽかんとしていた。血液検査の結果で判断したとは思うが、そんなSF小説みたいなことゆうて、しかし決して冗談で言ってるとは見えなかった。確かに十二月十六日ひっくり返って起てなかったのは事実。高熱のせいだとは思ったが、しかし熱があ

るのに風呂を入れるかなあ。熱が下がって風呂入れたはず。そこんとこ記憶があいまいだが風呂にお湯が入るまでの間に倒れたのである。ぶり落ちた血圧計を枕にテレビの台にすがって立ち上がろうにも力が入らなかったのである。そして十七日布団に突っ伏して起き上がれなくてついに十八日T市立病院に入院したのである。入院した時には熱はあったんだろうけど。

しかし今回ぶっ倒れた時てっきりパーキンソン病を発症したと思った。結局病名は複雑性尿路感染症というもので（初めて聞いたときは勝手に病名を付けたんじゃないかと思った）退院後調べたら、尿道で大腸菌やブドウ球菌などの菌類が感染症を起こしそれがさらに合併症などを誘発してしまうこと、とある。そして筋肉が溶けるといってその説明を医師はしなかったが、「筋肉が溶ける」で検策すると、横紋筋融解症のこと、事故や負傷など外傷的要因と薬剤投与など非外傷性要因により骨格筋が壊死を起こし、筋細胞中の成分が血液中に浸出し筋肉が傷害されて筋肉痛や脱力症状があらわれる、症状の進展は速く、死に至る場合が多い、とある。「筋肉が溶ける」は今も我が家ではギャグである。古希過ぎて足の衰えは覆い難く「足が上がっとらん、筋肉が溶けとる」と。

前にも述べたようにゆえなく医師に反発しているわけではない。医療はどうか患者ファーストで行ってほしい。どうか不安感をあおらないでいただきたい。まあ悪い情報を与えていていい具合に行けば往来（余命一ヶ月と告知されその後何年も生きたというような話もよく聞く）、そういう心理的配慮もあるだろうけど。勿論なかにはプーチンみたいな死なななきゃ治らぬ重病人に治療法はない。

もう二十数年前になるが妻が白血病になった時、寛解はあっても完治はしないむね言われたように思うが、その後健康である。完治と言っていいだろう。抗がん剤多剤併用で救われたのだが、医師は寛解状態の妻にさらなる治療を進めようとしたので私が止めた。まだ続けるようなら転院すると言ったのである。医師の言うことがすべて正しいなどということはないことは当たり前だが現実になると吾々患者サイドは弱い。生兵法はけがの元は重々承知の上で吾々はしっかりした批評眼をもって医療に対処せねばならない。藪医者ならぬ藪患者にならぬように。

今回の入院に際してもどさっと書籍を持ち込んだ。寝転んで読書するのは至福の時間である。眠気が来ることもあるが。コロナ下もあって同部屋の人とは八日間多少出入りがあったが全く話すことはなかった。これまでの入院でもそうだったがそもそも男性はあまり話しないようだ。女性はその限りではなさそうだが。

本はいろいろ持ち込んだがこの際積んでおいた本を読了しようと大西巨人作大長編『神聖喜劇』にかじりついた。アマゾンの古書で求めたので一巻目はハード本二段組み三百八十ページ余、二～五巻は文庫で第四巻だけ文春文庫、あとは光文社文庫それぞれ五百ページ前後。文庫本五巻にして二千五百ページ余かと思う。なぜ購入することになったのかはっきりしたいきさつは記憶していないが、日本の軍隊の不条理さを表現している、稀有の作品という認識があってのことだったと思う。東堂太郎二等兵の異常な記憶力も気になった。

私はど近眼だが寝転んで本を読むときはメガネを外し横になったり上向けになっても一応読める。むしろ楽である。短歌の友人（元自衛隊文官）でかつて対馬に赴任していたことのあるMさんに勧めてみたが読まなかった。もし仮に読んでいても面白くもなかっただろうし細かい活字を見ただけで読書欲は刺激されなかったようだ。対馬にはもう一回行きたかったとおっしゃっていたので、この小説対馬が舞台ですよと言ったんだけど。

それにしてもこの小説の歯ごたえのすごいこと。実際の私の歯は何本かぐらついているが、だましだまし自前の歯で食べている。頭の中の歯もぐらついているだろう。でもどうにかこうにか読み終えて今回の原稿にしようかとも思って多少書きかけたが如何せん書きたいことの多すぎてとても収まりそうにない。いずれ時と場が与えられることのあればと思う。ただ、一つの感想としてまさに神聖なる喜劇は地獄のような現実においてのみ現れるものかと思う。

病院側の提示した二週間を待たずして八日間の入院で二〇二一（令和三）年十二月二十五日退院した。ある看護師さんが、そらクリスマスやから帰りたいですよねえと言ったのにどう反応していいのかわからずに私としては珍しく言葉を返さなかった。

コロナ下でもあるしもうクリスマスや正月と言って心弾むこともない。若い看護師さんに言葉を返せなかったのもむべなりぬ。退院後自己導尿一日二～三回で五月上旬まで発熱はない。

追稿

CD『海翔る、アオイハチドリ』が、おんがっかドロシーみきこさんから送られてきた。「ハチドリ芸術社」（障碍の有無を超えたプロの音楽団体）「ハチドリ芸術バス」（大牟田市内を十分おきに走るバス）をつくるアオイハチドリプロジェクトにさわやかに寄付したらこのCDが送られてきたのだ。

ドロシーさん自作のバイオリン曲、ふくよかで抒情的な四つの曲が組曲になっている。各々四分ほど。それぞれ、「一・月夜の波濤」「二・千手の祈り」「三・時と光の波間に生まれて」「四・アオイハチドリ、大海原へ」の四曲。曲名のイメージにこだわる必要はないが一曲目の波濤はむしろ波頭のイメージで無数の波頭に月の光が宿っている。二曲目はまさに千手観音、冒頭のファンファーレこそ波濤（大きな波）ではなかろうか。三曲目の題名は難解で、親鸞聖人の正信偈に「奇妙無量寿如来南不可思議光」とあるのだが時は「無量寿」（無限時間）、光はまさに「不可思議光」如来ごとくきたれる、時と光の波間に生まれるべくしてすべてのものは生まれるのではなかろうか。そして四曲目大海原にはやはり正信偈に大智海という言葉がある。そうして三曲目四曲目最期はアーメンでおわっている。この組曲四曲は祈りで貫かれているといっていいだろう。

奇しくもＣＤジャケットのイラストは大きなアオイハチドリに黄色い服を着たドロシーさんが乗っている。ウクライナ鎮魂とハチドリの翼の先の部分が紫色になっているのはプーチンへの怒りだろう（このＣＤが製作されたときプーチンの暴虐はまだ始まっていなかったが）。

そのむかし黒テントという劇団があってその看板役者に斎藤晴彦というのがいてチゴイネルワイゼンに日本語を乗せて歌ったのが印象に残っていて果たしてこの組曲に

合わせて歌詞が作れないかと目論んだがちょっとダメそう。まだ断念したわけではないが、ＣＤが届いたとき即興で作った詩があるのでそれを最後にご披露したい。

誰だって世界を捨て果てることはできない
戦場には案山子が踊ってる
塹壕から触角だけを伸ばして
おもちゃの兵隊は満月を仰ぐ
イナビカリニミチビカレテ
ヒカリノセンシハナミヲワタル

かつてリザードというパンクバンドがあって「音楽家は世界を捨て去った」と歌う部分が妙に印象に残っていて、おんがっかドロシーみきこにこれまた妙にかぶさった。どうか世界を捨て去ることなくつよい意志をもって音楽し続けていただきたい。大西巨人少年期「意志は強し、生命《いのち》より強し」という言葉、国枝史郎の伝奇小説（斬首された盗賊の首がくっついて宝島を発見するという物語）から胚胎し、ショーペンハウエル、マルクスに薫陶を受けても手放すことはなかったということだ。

了

あとがき

　この七つの文塊（ふみくれ、あるいはぶんかい）つまり文章の塊は年一回発行されていた柳川の地方文芸誌「ほりわり」に7年にわたって掲載したものである。10人ほどの同人雑誌なのに同人からの反応も４００部ほど出ているというのに一般からの反応もほとんどなくうんざりしていた。ただほんの少し誰かが送っていた地域の文人のささやかな感想を耳にしたりしていたがもどかしく、そんなとき当文芸社の自費出版の広告文にピンときて福岡での説明会に出向いたのだった。

　散文はリアリテイー短歌は発信力、と任じていて短歌はライフワーク。歌集は一冊は出したいと思っている。その前にこの散文集を出版できるのは偶然の必然だと思う。なお様々のことを鑑みて「ほりわり」は脱退した。なお瀬高短歌会も風前の灯火で暗に会長を依頼されてもいるのだがあまり乗り気にならず、そもそもが短歌は一人でやればいいのだ。私のほうから誰かにすり寄っていくことはまずないだろう。

著者プロフィール

宮地 幸二郎（みやち こうじろう）

宮地幸二郎（旧姓竹岡）
1952（昭和27）年滋賀県近江八幡市生まれ。
彦根東高校卒業
立命館大学理工学部数物科中退
大阪大学基礎工学部電気工学科中退
東京専修学院終了
現在真宗大谷派雲照寺住職
追
名前に関して寺院規則で住職は「宮地（みやち）」姓を名のるになっているのに準じている。お西（本願寺派）はその限りではないようだ。
わたしとしては竹岡にこだわることはなく、むしろ名字が変わって面白いと思った。宮地伸一にも出会えた。ただ子供の頃は近くの山の樹木の稜線に竹岡の文字を探していたような気もする。今問題になってる夫婦別姓は大いに賛成だ。たぶん反対してるのは変化を恐れる自民党のおっさんたちだろう。ちなみに韓国の夫婦別姓は儒教思想からきていると聞く。いわく妻は夫の姓を名のれない。

七つの文塊《ふみくれ》

2024年７月15日　初版第１刷発行

著　者　宮地 幸二郎
発行者　瓜谷 綱延
発行所　株式会社文芸社
〒160-0022　東京都新宿区新宿1－10－1
電話　03-5369-3060（代表）
03-5369-2299（販売）

印　刷　株式会社文芸社
製本所　株式会社MOTOMURA

ISBN978-4-286-24774-8

困難に耐えるには、健康な精神と身体が一番大切だと思う。それにプラスして、前向きな考えを持つ事。ささやかでもいいから、自分の楽しみを持つことで、ストレスを乗り切っていく。私は、もともとネアカな性格だから、それも出来たのかも知れないが。

不幸な家庭生活を堪えて、人生終盤で、我慢して良かったと思う人もあるだろうが、それも人生。

理想は、鶴瓶の「家族に乾杯！」に出て来るような、幸せな家庭を作って、この世を終える事が、社会の為にも、自分の為にも一番いいのだろう。

ただ私は、負け惜しみではなく言いたい。苦労はしたが、伸び伸びと自分の思うままに、人生を生きられたと。

著者プロフィール

永久 夢子（とわ ゆめこ）

多摩の郊外の団地で、花と緑に、季節の移り変わりを感じながら、自由な一人暮らし。
教養（今日、用）教育（今日行く）のある生活に幸せを感じている。
ハーモニカ歴30年。

夢子流　思いのままに

2023年11月15日　初版第１刷発行

著　者　永久 夢子
発行者　瓜谷 綱延
発行所　株式会社文芸社
〒160-0022　東京都新宿区新宿1－10－1
電話　03-5369-3060（代表）
03-5369-2299（販売）

印　刷　株式会社文芸社
製本所　株式会社MOTOMURA

ISBN978-4-286-24513-3　JASRAC　出2306218－301

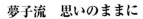